且做青春的见证

罗　君　著

中国广播影视出版社

图书在版编目（CIP）数据

且做青春的见证 /罗君著. --北京：中国广播影视出版社，2017.3

ISBN 978-7-5043-7816-3

Ⅰ.①且… Ⅱ.①罗… Ⅲ.①散文集－中国－当代 Ⅳ.①I267

中国版本图书馆CIP数据核字（2017）第004101号

且做青春的见证

罗　君　著

策　　划：刘　媛　杨　洁
责任编辑：叶怡雯
封面设计：何漫·贝壳悦读

出版发行：中国广播影视出版社
电　　话：010-86093580　010-86093583
社　　址：北京市西城区真武庙二条9号
邮　　编：100045
网　　址：www.crtp.com.cn
电子信箱：crtp8@sina.com

经　　销：全国各地新华书店
印　　刷：北京市媛明印刷厂

开　　本：710毫米×1000毫米　1/16
字　　数：137（千）字
印　　张：10.25
版　　次：2017年3月第1版　2017年3月第1次印刷

书　　号：ISBN 978-7-5043-7816-3
定　　价：30.00元

目录

若时光不曾老去

童年的记忆　暖暖的幸福　002
这个不安全的世界，我母亲独自一人　013
父亲的后座　024
我看见你成长路上的迂回曲折　034

有些人你不会忘

我是愚笨的　046
温暖的陌生人　054
写你文字带着歉疚　060
那些青春的合伙人　065
你现在在地图的哪一端？　072

被雨打湿的青春

总有些时间，你会厌倦原本的生活 078
她不值得拥有你最好的时光 085
那些年，偏执的爱 092
离开只为守住心中的那份纯净 100
你是我路过的最美的风景 108

始终闪烁着的梦

暑期支教，一条短暂的相交线 118
有些梦不实现又何妨 127
这些年的新闻理想 134
在孤单的路上不回头 144
不要理会这个世间 153

若时光不曾老去

童年的记忆　暖暖的幸福

一

车终于开了，坐在回老家的车上，回忆犹如一匹脱缰的野马，在任意驰骋。

这是爷爷走后，我第一次踏上那片故土，主人不在了，那里的一切会是怎样的一番景象？疑惑盘踞在脑子里，与我寂静对峙。

八月的风，吹在身上，似乎有阵阵的凉意。车子在平静地向前驶去，不一会我下了车，可目的地这头却没了等候我的人。每次回到爷爷家，总要经过那个没有护栏、用钢筋水泥简单堆砌而成的小拱桥，而爷爷总会站在那里，满脸笑意地朝车子来的方向张望。可是这一次桥上空荡荡的，没一个人儿。我放眼望去，桥上的水泥地也因时光打磨显得凹凸不平，露出了斑驳的红色石块。其实距离上次回老家不到二个月的时间，可桥狼狈的容貌好似就在这二个月里酿成的，或许它并没有变，只是今天桥上没了看的人，我才蓦地惊觉它的破败。

老家门前的那块地，杂草正在肆意疯长，已经掩盖了我的脚踝。走近厨屋，不见缕缕炊烟，却惊扰了正在觅食的小鸡，导致它们仓皇逃离。我喊了声“奶奶”，无人回应，我接着喊，终于应了，可回答声里却没了喜悦。原来她就静静地坐在正屋的后门口，似乎坐成了一蹲雕塑。我将买给她的东西一一拿出，她的脸上并未因此漾起笑，悲伤好似仍顽强地存活在她心里，只是道了句“又买那么多东西，路又远，歇着吧”。然后就是死一样的沉寂了，沉默犹如深不可测的海，怎么也捣不碎。这个屋子里唯一还在笑的是静默在墙角处爷爷的遗像。

我坐在奶奶身旁，一句话也说不上来，我不知道我该抓哪一句话去安慰她，我也不知道哪一句才能绕开往昔，不触及回忆。我们就这样平静地坐着，任回忆“纠缠”。

我记得五月份回来看爷爷的时候，他在叔叔地搀扶下拖着虚弱的身体站在拱桥上等候我，踉跄的模样，身体摇曳得厉害，我批评他不知道休息，可他笑得合不拢嘴，一个劲地说“爷爷好着呢！”其实在疾病的折磨下，他瘦得只剩了人形，真正支撑他的是一股劲，一股不向死神屈服的劲。

每次知道我要回来，他总会骑着他破旧的三轮车到镇里去买我喜欢吃的菜，天还未亮就出发了，得意地告诉卖菜的人“我孙女从城里回来看我了”，其实卖菜的人并没有跟着他乐，可他就是要讲。来去四个小时，他浑然不觉累，有时候在路上还哼着“曲儿”。后来觉得他年纪大了，走那么远的路不安全，于是不再提前告诉他我什么时候回来，可他好生气，说没让我吃点好的心里不舒坦。

我随了他，我渐渐懂得，无论你多大年岁，在亲人眼里你一直都是孩子，他希望在他老了的时候你仍会有时候需要他。

看到他买菜回来骑车的样子，你一定不会想到他是一个年过七旬的老人。看到我在屋门口等他，他会推着车向我跑过来，开心得像个孩子，然后从自己车子里拿出买的东西，一一向我汇报，这个是你喜欢吃的……总之，一车子的东西。对于我的好恶他总是不偏不倚地记得清清楚楚。

接着忙着吩咐奶奶赶紧做饭，自己从前屋忙到后屋，怕我没吃着就坐车走了。看他们在厨屋里佝偻的身影，我想去帮点忙，可总是被他“拽了”出来，说里面油烟多，把衣服搞脏了。每次我就阻隔在门口，和他们隔着门槛谈话。看着他们点火做饭，那场景好不热闹。

一桌子的菜，任我吃，其实我吃不了他做的十分之一，有时候根本也不饿，因为出门前妈妈会要我吃一点，说“爷爷年纪大做菜很辛苦，你让他们少做一点。”但是看到他们高兴的样子，我就没了说的勇气，我怕我一不小心就让他们跌入了失落的深渊。于是我总会选择拼命地吃，似乎只要我多吃一点，瘦得像一道闪电的自己就能瞬间胖得可以。有时候我会夸赞奶奶的厨艺，她会高兴的要求爷爷把菜打包让我带走。而爷爷呢，则赶紧从橱柜里找出饭盒装上我喜欢吃但没有吃完的菜。

每次离开老家，手上提着的远比我带来的东西多，沉甸甸的让人觉得温暖。走的时候，爷爷总会送我，陪我在马路边等车，有时候车迟迟不来，他怕我着急，总说要骑三轮车送我到镇上，我硬是不要，无论等多久，他总要等着我上了车，然后叮嘱我“放假了就回来，别让我挂念，到家了回个电话”。车子开动后溅起的尘土，模糊了他的视线，也让我看不清他转身离开的背影。

离开他有八年了，这八年里，从自己踏进门槛到离开，所有招呼我的程序从未变过，八年了，我不再是牵着他衣角怕陌生人的小孩，可他依旧给我所有孩提时代的温暖。然而在接下来的所有时光里都再也找不到他了。心里空空的。

落差催人离开，其实失落感从进屋的那一刻就已经在酝酿了。

和奶奶告了别，我就坐上回程的车。

二

那些与爷爷有关的日子，那么多，回忆一幕一幕……

小时候将我放在肩上走街串巷的是爷爷，他让我在他的头上放肆了好些年。直到他日渐老去的身体不再能支撑起我身体的重量，而我也羞于伫立于他头顶。总觉得那段日子，时间在我与爷爷之间流逝的速度是不对等的，我的成长似乎远远慢于他衰老的速度。

我好像怎么也长不大，更别谈做个乖小孩了，循规蹈矩的生活与我有着巨大的鸿沟。每天放学后，我总在各个村子里乱窜，在小伙伴家里一玩就是半天。最爱的是跳皮筋，因为在小朋友们所有的运动项目中，唯独这个我可以横着出没于他们之间。其他的比如踢毽子、跳房、抓鱼……我从没有赢过，而且输得很狼狈，惨败后，往往还伴随着他人挑衅的笑。每每此时，我暗下决心，第二天要向嘲笑我的人发起挑战，来个局势的逆转，当然，这不过是我的挣扎，结局像是写好了的，不容我篡改。

小时候费尽心思想要获得的胜利，最终是否仍然值得?

只知道，我为了我所谓的胜利，无视黑夜的来袭，仍旧我行我素的在外瞎闹腾，我的童年没少让爷爷操心。爷爷忙完农活后，不得不在街坊邻居里打听我的踪迹。爷爷总是骑着三轮车，沿路呼唤我，有时挨个问，也不见我的身影。直到气急败坏的爷爷嚷着嗓门喊："你再不回家，我马上电话你妈让她把你接走。"这句话对我有足够的震慑力，我会一溜烟地钻出来，站在爷爷面前，用笑表示妥协。然后坐在爷爷的三轮车里，一路欢声笑语而归。童年的整个时光里都是不知愁滋味的，那些日子仿佛毫无道理的美好着。

后来长大了些，村子里开始掀起了一股骑自行车的浪潮，好像每一个小孩都有，就连形单影只的“傻蛋”都有自己的自行车，因为有车，他忽地多了些玩伴。唯独我没有，看着其他的小伙伴骑着自行车，来去自如，我羡慕极了。我对爷爷说：“我想有一辆自行车。”但爷爷不让，说我太顽皮，骑自行车不安全。而妈妈呢？更是反对，说：“有了车，你就跑得更远了，爷爷年纪大了，到处找你不容易。”就这样，拥有一辆自行车的愿望被无限搁浅，甚至慢慢沉寂。直到我 9 岁那年，爷爷送了我人生的第一辆自行车。有了车后，我果真不仅仅在村里转悠了，我还经常与小伙伴骑车去镇里玩。去了一个爷爷骑着车都没法找到我的地方，无奈他只能站在拱桥上反复张望我。有时回来晚了，他会批评我。但他的批评都是软糯糯的，对我而言毫无杀伤力。

童年的我，喜欢“使坏”，好像小孩子都喜欢用这种方式来证明自己的存在。记得一次，我将胡椒偷偷地撒入爷爷的茶杯里，劳作后归来的爷爷，浑然不知我的伎俩，便将杯中的水一饮而尽，看着爷爷到处把我寻找那生气的模样，我却躲在一个爷爷看不到的角落里咯吱咯吱地笑。现在想想那个时候的我，如果爷爷没有给我足够多的关怀，妈妈没有将我带去城里，我真有一种坏得要烂死在村头之感。找到我后，爷爷扬起的手臂，在空中迟迟定格，但就是没有落在我身上，那些年我活得异常安全。最扰爷爷烦的是总有邻居到家里告状，向爷爷汇报我又犯了什么什么事。我不等爷爷道歉就开始与她理论，可能大人不愿与我这个小毛孩据理力争，总是选择愤愤离开；可能喜欢说话也就是在那个时候练就的吧！后来就总有人调侃我，说我口齿伶俐，问我这个秉性是从谁那儿得来的，我说是爷爷，惹得邻居们一阵发笑。

那些年，我惹了很多事，犯了很多错，不止一次地挑战过他的权威，但他一次也没有对我动真格，用爱包容了我所有的任性。唯独那一次，我惹怒了他。

三

那年我 12 岁，一个远房亲戚来爷爷家拜年，她面色红润，衣着光鲜，嘴角上扬，我静静地看着她觉得她好美！等爷爷进屋后她突然问我：你的大姑妈还是没有消息吗？我不知所云，“我哪来的大姑妈？”我自言自语道。后来才得知，我确实有一个从未谋面的大姑妈，她在 20 岁那年离家出走了。十二年了，我浑然不知，家里曾经少了个人。回到家后，第一件事就是问爷爷“我的大姑妈去哪了？为什么你不去找他？”这语气里带着质问和气愤。爷爷听到这句话后，勃然大怒，“是谁告诉你的？以后不许再提起了。”爷爷的刻意回避加深了我的好奇心，使我越发地想要弄个明白。

我问了父亲，问了叔叔……好像所有的人都在逃，唯一没有逃的是我母亲。我对大姑妈的那一知半解，都是母亲告诉我的。

听母亲说，大姑妈是在一个寒风凛冽的冬天离家出走的，那一晚伴随着洋洋洒洒的雪。第二天醒来，雪已漫过脚踝，甚至高出几许。走的时候，她什么也没有带走，房间依旧保持着最初的模样，连一个告别的纸条都没有留下。接下来的话我也忘了，只记得母亲在提到大姑妈的情感时，支支吾吾后就含糊过去了。我当时不懂母亲想要隐藏的东西，自然也没有问。

那个年纪，母亲所说的一切对我而言只不过像是听了一个故事，故事的剧情再激烈也激不起我心底半点波澜，听过后也就慢慢地忘了，曾有的疑惑早已随风而逝。

只是那一次爷爷对我所发的脾气，倒是很深刻，似乎所有的“第一次”都足以携在记忆里。晚上时，爷爷一个人坐在后院里，样子很低落，我不知道他是因为对我动了怒而难过还是因为离家出走的大姑妈，我不知道。但自从那以后，我再也没有在爷爷面前提起大姑妈。

而大姑妈的故事在我心底再次被激活，是在爷爷去世的那天。一个女人突然出现在了哭声一片的屋子里，招呼她的是我的母亲。她手捧一束菊花，着一身褐色长裙颇有女人的丰韵。我一眼便认出了她，她就是八年前告诉我，我有个大姑妈的人。年龄的增长一点也没有带走她的魅力，八年后再次看到她，她仍旧如此端庄典雅。也不知道为什么 12 岁那年见过她后，时隔八年才再次看到她。自从知道她出现在了爷爷的屋子里，我的耳朵开始不听话了，向着她的说话声去了，我总想从她的语言里听出个什么东西来。我隐约听到她与旁人嘀咕，“如果萍萍今天能够回来看他爸最后一眼该多好！”可能关于大姑妈的故事，在我的世界里从不曾忘却，所以才会如此敏感，敏感到会如此关注这个女人。

后来母亲告诉我那个远方亲戚是大姑妈儿时最好的玩伴，大姑妈走的时候也没有告诉她，因此对于整件事她也一无所知。我开始回想起母亲那天所说的话。是的，那么大的雪，一晚上又能走多远？到底是什么让她如此决绝地离开了她生活了 20 年的家？对大姑离家的疑问以及爷爷离开的悲痛在与我分庭抗礼。

四五十年代，家里少了个人，像猪圈里少了个牲口一样，没有多少人会在意。可是八九十年代，家里少了个人，应该不是件小事的，我不明白，为什么这么些年来，关于大姑妈的一切这个家庭连一点残余的痕迹都无处寻觅？我的胸腔里开始生出些愤怒来，因为他们的不再寻找，因为他们的沉默。

直到爷爷的灵车缓缓离开，长长的队伍跟在车的后面，我下意识地回头，想知道是否会有一张陌生的脸出现在爷爷的葬礼上，我想爷爷应该也希望看到，但是没有，可我却没有难受，反而有种释怀的轻松。因为大姑妈已用行动告诉我，她的不再参与。

送走爷爷后的那个夜晚，悲痛好似无处安放，像孤鬼幽魂一样在眼前晃荡。我决定去找母亲说说话。我们又谈起了大姑妈，母亲终于不再避开关于大姑妈的感情这么一件事了。她说在大姑妈 20 岁时和一个村里的男孩子好上了，可是那个年代的爱情都是遮遮掩掩的，不敢到处张扬，被人发现了就是一件极为羞耻的事。有人说是大姑妈没能抵抗住流言蜚语地袭击，所以才离家出走的；也有人说是因为一向保守的爷爷知道后打了大姑妈；还有人说是大姑妈怕爷爷觉得耻辱所以才离开的……母亲也并不知晓其中真正的缘由。但母亲可以很肯定告诉我的是：大姑妈走后，爷爷和父亲找了三天三夜，去了所有亲戚朋友家，托了很多人打听，仍旧一无所获。爷爷因为这件事难过了很久，自那以后，他从不对每一个孩子大发脾气。“就是因为这样他才惯坏了你。”母亲说。

我想我渐渐懂了，懂了爷爷不愿提及的阵痛。是的，那个年代，尤其在农村地区，通讯还很闭塞，网络陌生得无人知晓，找一个人都是用脚丈量的。可能遗忘才是解药，关于谣言、遗憾的最好作答，而不提及对爷爷来说也并不表示已然忘记。

其实大姑妈离开的真正缘由我依旧模糊，而唯一知道这件事细枝末节的人已永远离开。那么，就且让这事件沉睡，何必追问？曾努力寻找只为在爷爷与大姑妈之间分出个对与错来，最后发现，生活有那么多的模糊地带，又怎是对与错可以分得清的。我开始尊重大姑妈的离开，也理解爷爷曾经的不再提起。

四

爷爷的离开，究竟带走了什么?

很多个无眠的夜晚我都在想。

可能是目睹过爷爷在病床上呻吟的模样，以致爷爷走后，很长一段时间，我都会在梦里梦见自己也患了病，看着身着白色服装的护士一步步向我靠近，将白色的塑料管狠狠插进我的身体，任我撕扯、叫喊也不应。整个病房里静得可以听到药水顺着输液管滑落的声音，刺鼻的消毒水味在一点点地侵蚀我的肌肤，然后慢慢渗透到我的骨髓。我站在死亡的边缘，看着死神站在我的房门口，一遍一遍地呼喊着我的名字，时不时地轻撩我的衣裳，质问我为什么不愿随他而去。然后全身湿透的我从惊愕中醒来。总之，那段时间梦里很绝望。

每当那时，我索性起床，拧亮台灯，细细回忆，然后用笔去记录我与爷爷的故事，我怕，怕时间偷偷篡改了记忆，让我再也还原不出曾经爷爷给我的美好。

前段时间，室友黑黑说：君呀！今晚有流星雨，反正你可能晚上睡不着，我们去楼顶上看看吧！

看“流星雨”有种遥远的熟悉，是的！它是我小时候的记忆了。

那个时候我还只是个拉着爷爷的衣角，躺在温床上做着梦的孩子。总听他说流星划过的时候，记得许愿，并且不要告诉别人，否则这样就不灵了。于是我偷偷地许了许多的愿，比如：不写作业，也永远不会被批评；希望自己长大了是奥特曼，可以天下无敌；希望会捏泥人的爷爷永远也不会离开我……我对着星空许了汪洋一般多的愿，一个也没有与人说，但一个也没有实现。我依旧写着作业，而且写得越来越多，我也没有成为奥特曼，我依旧是地球上一个普通的存在，没有任何特异功能。当然，我的爷爷呢？也不是金刚不坏之身，可以百毒不侵。

我不知道自己有多久没有在夜幕降临后抬头看那闪烁着的星空了，我甚至忘了它是装着我们秘密信使的邮差，窥视着我们所有不愿与人说的秘密。

于是我和黑黑去了天台，抱着遥望星星的情怀。10月末的晚上，有着逼人的寒意，风在一点点肆虐，侵袭着我们单薄的身体。我们坐在石砖上，裹着厚厚的棉衣，像戍守疆边的战士，无畏黑暗、寒冷的袭击。我们都仰着脖子，静默看天。

凌晨过后的校园，正在安静睡去。学校里拉亮的灯一盏盏被拉灭，向我们昭示着深夜的来临，一切变得寂静了。可七楼的楼顶上，却来了一群看流星的同学。宁静不在，却多了几分热闹。等了许久，不见流星来，身体长期固定带来的僵硬感和寒风“扫荡”脚带来的冰凉感，让我决定移开自己的堡垒。

黑黑在我耳旁叽叽喳喳，可我一句也没有听到，脑子里全是某一年的一个夏天。爷爷和我做在凉席上，他摇着扇子为我驱赶蚊子，教我唱《世上只有妈妈好》的歌，直到夜色浓密，我渐渐安静，睡意将我斩获，爷爷才收起凉床，与星空作别。

一阵惊叫，“你看，流星！”，我与爷爷的故事又被扯断。等我抬头看天的时候，流星已经消失得无影无踪了，看不到来过的痕迹。身旁有人渐渐离开，可能是看到过后的满足，也可能是等待却不来的躁动。

我想，我抬头看到的不仅仅是星空，而是透过时光的层层叠叠看到了我与爷爷有关的日子。

不得不承认，爷爷走后，我与老家这块土地上的很多事被一并埋葬，但他带不走的是童年他给我的幸福记忆。

我知道我永远都不会再次看到一缕长烟在老家厨房屋顶的上空升腾翻滚；也不会在石拱桥上看到一个正在等候我的老人；更不会听到笑容可掬的爷爷亲昵地喊我“君儿”的声音。但我祝福他在另一个世界里一切安好，也谢谢他让我的回忆里装着满满的幸福。

这个不安全的世界，我母亲独自一人

一

前不久五一回家，到车站的时候不见母亲，有些担心，给她打电话，后来才知道她的电动车坏在了前来的路上，修理耽搁了时间。看着她被风吹乱的头发还来不及整理，就朝我示意她已到，我走上前去用手将她的头发理顺，有一种辛酸在心底萦绕。但怕母亲瞥见，于是我就在那里傻笑，掩饰我从母亲那里读出的不易，然后坐上她的车，给她讲我的大学生活，当然我从不会告诉她，在她看不到的地方我有过的软弱和无助，我习惯了给她讲开心的事。

第二天，我与她出去逛街，在路上我用手挽着她，她说挽着走路不便，我调皮地不让，她对着我笑笑，表示了默许。

我就这样挽着她，在街上乱逛，她带着我到了汉川相对繁华的商业街，说想为我挑选衣服，走进一家店，我和母亲都看中了摆在中央大厅里模特身上穿着的那一袭素净长裙，试穿后，站在镜子里看大小长度都刚刚好，母亲也很满意，然后对着售货员骄傲地说：我姑娘穿衣服真好看。我也在那里得意地笑。看了看挂在衣服上的吊牌后我脱下衣服拉着母亲就离开，告诉她我啥也不缺，好看的衣服那么多，先不买吧。母亲一眼识破了我的顾虑，试图去和店员协商，可能母亲早已习惯了和卖家讲价格。我说这里是不让还价的，咱们还是换一家吧。她总想试试，怕没买这件衣服我会失落，所以不顾我的阻拦要去砍砍价，而我呢？不想看到她徒劳地尝试，死活硬撑说其实也没那么喜欢。

“那一件我就觉得比这一家好看！”我指着对面的那一家店说道。出商店后，我在她耳旁一一细数躺在我衣柜里的衣服，证明着再买真的是浪费，最终她被我说服了。我对那件衣服的渴望也就此终结，成为停留在记忆里的风景，也无所谓遗憾。

接下来就是为母亲挑选衣服了，母亲下意识地带着我穿越嘈杂的人群，去了步行街。几年都不曾来过，高中的时候无暇闲逛没来此地，大学了见了大城市的大商场，又嫌弃起它的破旧，自然也不曾涉足。

仔细算算也有五年了，这条街和记忆里一样，处境仍旧尴尬。我不明白飞速发展的时代里，会有一条街在时代前进的巨轮下沉睡，然后选择一如既往的破败。步行街路上也没有几个行人，商店的光线暗淡，但走进店里，你会看到一些店主们安然地躺在躺椅上，在五月的时光里惬意地小憩。一下子明白了这条街被落在时代背后的缘由，我也明白了母亲要带我来此地为她挑选衣服的目的。

母亲走进了一家店，衣服杂乱摆放，毫无规律大小可循，在一家店里母亲看中了一件衣服，但是都被我否定了。不好的缘由太多。当我们快绝望，准备两手空空回家的时候，却在地摊上看到一件不显吐气而且质量还不错的衣服时，我们决定买下。就在这时母亲因为几块钱和摊主在那里较真，拉拉扯扯争论了好久，我没有觉得丢人而制止她，而是陪同她，因为我没法为母亲证明，其实那几块钱是不重要的。最后，摊主妥协了，我母亲胜利而归。我没有一点喜悦，反而越加沉重，给自己买衣服几块钱都在那里较劲，而我穿的衣服以及万元的学费，她一丝抱怨的情绪都不曾让我看到。

时间呀！你让我快些长大，让这个女人慢些老去吧。

还要多久我才能让她少些艰辛，还要多久?

二

我的母亲，在十二三岁时没了父亲，又在中年时失去了丈夫。小时候不懂一个人没有父亲是怎样的一个心境，而我的母亲也从不曾向我袒露她那段艰难的岁月。直到 2010 年 12 月 30 日那天，父亲被宣判抢救无效的那一刻，我想我真切地懂得了母亲多年来隐藏在心底的伤痛。因为后来的日子我也从不提及那段悲痛的岁月。

听邻居说，母亲在生下我后，没少受奶奶的刁难，所以母亲与奶奶的关系一直都处在剑拔弩张的状态。后来母亲索性离开了老家，和父亲去了城里打拼。回老家也只是看看我和爷爷，也不与奶奶讲话，多年下来，也逐渐陌生。

后来的几年，我们的生活巨浪翻滚，父亲与爷爷接连离开，母亲踏足那片土地开始也就以年计算了。父亲去世一周年时，母亲回去过，在父亲的坟头哭得像个泪人。后来就一直没回去了，再次回去是爷爷去世的时候。对于母亲来说，老家这片土地太残忍，承载着她太多无法忘却的伤痛，有奶奶的逼迫；有像父亲一样呵护他的爷爷；有陪了她快 20 年的父亲。

今年除夕，我邀她一起说回老家看看吧！她迟疑了一会，最终还是拒绝了。说：“你们回去看看父亲和爷爷，我就算了。”我想我知道她不回去的缘由，因为那里有父亲。我回去后发现奶奶早已没了曾经的锋利，变得柔和了许多。我将奶奶的转变告诉了母亲，这是我第一次在她面前提起奶奶。我试图去攻破母亲与奶奶之间用矛盾筑起的那堵城墙，但话音刚落，母亲原本带笑的脸瞬间阴沉下来，话语里还带着些气愤。母亲用表情宣告了我的尝试失败。

我知道，我的尝试撩拨起了她记忆深处深埋的往事，让疼痛的过往在她脑子里驰骋。接着，母亲开始沉默了。

这么多年过去了，她身边的人走了两位，但她心中的那道坎，一直横亘在她心底，一触即痛。与奶奶之间的恩恩怨怨，她很少说起，但却从不曾忘记，它像老树的虬根在母亲心底蜿蜒生长。后来我也不再尝试，因为不愿她再次经历那钻心地痛，而学会尊重她的不再提及。

渐渐地逐渐明白，母亲的不回去，其实只是想绕开往昔，或许不触及，痛也就不会如此强烈。但我仍旧渴望，未来的某一天里，母亲会随着时光释怀。

三

以前在她身边的时候，我不懂牵挂是什么，后来，我终将不再是那个拉着她衣角需要她时刻庇佑的小孩，我上了大学，去了另一个她看不到的城市里，于是，我懂了什么是牵挂。

每次从家里离开去学校都是件极为艰难的举动，从身体到心灵的劳逸。不是我怕，怕一个人的旅程、怕未知的明天，我是放不下，牵挂着没了丈夫的母亲。一个人生活会不会孤单、会不会在黑夜侵袭的时候肆无忌惮的想念……

临行前她帮我清理东西，对待她 20 岁出头的女儿，她仍旧有太多的怀疑和不放心。吃的、喝的、用的她都要在我耳边一一提醒，我总是小心地听着，很享受着这种絮絮叨叨但爱意绵绵的叮咛。如今送我的人只有她了，我拖着笨重的箱子，背着装满零食的书包，那样子很滑稽，下楼梯的时候，她硬要帮我拿箱子，我说不让，它太沉了，就因谁拿箱子和书包我们起了“争执”，从小到大，我从来没有拗赢过她，这次也不例外。看着她瘦弱的身体在寒风中缓步向前，那单薄的身影和日渐垂老的身躯，我似乎在那一刹那，瞥见了她的未来——一个孤单的未来。一想到她将一个人面对未知的一切，我的心就开始剧痛，这痛来自我极力想呵护她却又无能为力的无奈。如今，我和弟弟是她肩上怎么也放不下的责任，父亲走后，她独自一人扛下了一切，努力为我们创造安定的生活环境，希望我们不被父亲离开这强大的落差打倒，而我呢？依旧手心向上，想反抗却在她的保护下妥协。我还需要多久，才能给予她同样的东西？不止一次地问自己。

和往常一样，我拒绝她送我上车，总是在车站的门口，我就挥手示意让她离开。因为心疼她看着我离开后，一个人在人流里的独自静默，我希望她永远都不要送我离开，我愿我是那个目送她背影的人，我想这样她的落寞就不会如影子那样长。可惜这一次，她倔强地要送我上车，理由是我行李太多，于是我和她协商，“我一上车你就离开，不可以一直等我。”我上了车，看着车窗外红着眼睛的母亲，我装作若无其事的样子，嬉皮笑脸地说：“妈，我知道你会想我的，我不会想你的。”挥别的手还定格在空中，来不及与正张望我的母亲作别，呼啸的列车就把我带走了，只剩下了对母亲无尽的牵挂。当我扭着头都没法再看到她的时候，眼泪在心底漫溯。我不知道同车的人是怎样对待离别的，送孩子去学校的不止我妈，很多人也在还未开动的车旁观望，挂着一张笑或者没有表情的脸。或许坐在车上的我们心底都已巨浪翻滚，只是不敢在众人面前瞎矫情，于是用一张不露声色的脸在离别的场景里顽强抵抗。

我想车开动后带来的隆隆声响，我会慢慢地习惯，然后拾起我的不舍和惆怅，在要去的未来里好好奔跑。而妈妈呢？也会习惯她女儿的离开，接着期待我与她的再次相聚。

渐渐地懂得，有些牵挂是一种暖人的幸福，因为你牵挂的人也一定牵挂着你。

四

母亲并不是那样的善于表达，主动与她联系的是我，答应她的两天一通电话，我偶尔因为繁忙而遗忘，第三天她准会发来消息，“下课了吗？”然后就是我的回电。她并不像其他母亲那样在接过电话后保持着亲昵的口吻，甚至话语里都带着些坚硬。有时会责备我熬夜的坏习惯，让我好好照顾自己。我们的电话里找不到一日三餐的琐碎，只有一板一眼的叮咛。

我记得在双十一那天，她主动给我打来电话，说给我寄了她做的饭菜，让我记得查收，我乐得像个小孩，拿着电话杵在那里傻笑。一股暖流在我的心脏容器里乱窜。我不知道从没有寄过快递的母亲是什么时候学会的？我惊喜但又好奇。

可是双十一，货物拥堵，母亲寄给我的饭菜就这样迟迟拖延。其实家离学校的距离并不算远，正常情况下一晚上的时间就可到达，可是赶上双十一，我焦急地等候了 3 天，也不见领件短信，我急了，怕饭菜在路途中变了质，怕母亲知道后会难过。于是我撒谎了，我告诉她，说昨天太忙没有及时告诉她快递已收到，饭菜很好吃，我今天都在吃等等之类的话。因为在我母亲的字典里，并不知晓双十一是购物者的狂欢，快递的负重期。

第四天的时候，我决定去领快递点询问，后来才知道，快递昨天就已到达，只是第一次寄快递的母亲在填写我的电话号码时，掉了一位数。当我拿着快递，拆开母亲用心系好的塑料袋，一阵食物变质后的酸味向我袭来，我突然好难过，为逝去的晚餐，更为母亲。我抱着这个方形的盒子，从学校的快递点到我的宿舍，10分钟的距离，我却感觉像走了一个世纪之久。看着饭菜被倒入垃圾桶，不可名状的愧疚感裹挟而来。

我的母亲自始至终都不曾知道，她第一次邮寄的狼狈结局，而是在接下来的时间里，将为我邮寄她做的饭菜当成了她工作的一部分。后来的后来，每一个月我都会收到母亲寄来的快递，大多都是些最普通的家常菜，辣椒炒肉、小酥鱼，还有红枣。天气热了，母亲就开始苦恼，我说没事的，我可以在外面餐馆吃，可母亲心里就是不踏实，担心她瘦弱的女儿没有吃到她的饭菜，会轰然倒塌在学校无人照顾。

对我来说，离家后仍旧可以品尝到家的味道，应该是大学里最幸福的存在了。每当我吃着她做好的饭菜，我都会想起两年前的时光，那年我高四，父亲走后的第一年。陪我趟过高考洪流的是我妈，她是那段日子，我想与这个世界抗争的唯一力量。那是怎样的一段日子？没有文字，没有节日，甚至没有朋友，只有不掺杂任何感情的黑白试卷。每个人都在自己的世界里忙碌着，停下手中的笔，嘴角扬起一个弧度，彼此打个照面，都是奢侈品，没有人愿意去消费。

我压抑得想要逃离这个世界，那些日子，唯一证明我活着的，是母亲来学校看望我的时刻，只有在那个时候，我才会笑，而且笑得很灿烂。复读时，母亲隔三岔五的会在我的宿舍楼底下等我，为我送来她做的饭菜和水果，陪我吃完后，她就离开。看着她来去匆忙的背影，原本想选择义无反顾就这么覆灭的自己像打了鸡血一样莫名地拥有了战斗力。可能是看到母亲后，终将不愿让这个女人失望，所以无数次的临阵脱逃过后，我最终还是拿起了枪，在高考的战场上与现实做了一次殊死搏斗。

如今，我和母亲在看似平行的时空里努力着，我在学校为我那看不清的未来，而她在家里为了我和弟弟的生活努力着，唯一跨越时空的是行驶在路上的快递，为我持续不断地送来家的味道。

五

我的整个童年时代都是在乡下度过的。我习惯了光着小脚丫在田野上恣意地奔跑；习惯了和小伙伴们在漫山遍野的野花丛中嬉笑；习惯了带着淳朴气息和泥土味的人们。

一直以来都不知道用怎样的文字去定义一个人的童年，它是什么时候开始又是什么时候结束的，区分的界限又在哪里？我不得而知。但是我知道我的童年止于六年级毕业后的那个暑假。

七月，乡村的正午，炎热正当时，农民伯伯都隐去了身影，唯独一群小孩仍无视着太阳的“怒吼”，在河塘里卷起裤腿摸鱼钓虾。那与烈日做伴的一群小孩里就有我。

那时，我们每天都盼望着放学后操起自制而简陋的钓鱼竿，约着一个村的小伙伴到任何一个有生命跳动的池塘里去擒获那些鱼和虾。那些鱼竿都是我们用捡来被折断的树的枝干做成的，然后在枝干的末尾系上一根长线，长线的下端就是引诱它们的食物了。谁在一定时间内钓得最多，谁就能享有“虾王”的称号。而被称为“虾王”的人，则是在我们之间呼来唤去的“领导者”。好像没有什么事情能与争夺“虾王”的称号让我更有激情，这个称号对我来说有一种魔力，使我忘了每个星期日，母亲会从城里回来看望我这件事。

后来母亲回来不见我，爷爷把整个小村子找了个遍，在另一个村子的河边找到了我，我见爷爷向我靠近，怕他惊扰了正在我鱼竿下觅食的虾，于是对他使了个“小声”的手势，爷爷自然是宠溺着我的，于是小心翼翼地走到我身边，告诉我妈妈回来了，在家正等着我。可我仍不愿放下我手中的杆子，看了一眼其他玩伴的篮子，于是向爷爷保证还钓一会就离开，因为不想输，所以总想用时间来扭转时局。我深知让母亲迟迟等候的结局，但挨顿打与输了“虾王”比起来，我宁愿被痛痛快快地打一顿。最终我还是没有赢得“虾王”的称号，但也没有被母亲打。爷爷当然不愿看着我被打，拉着我朝家的方向走去了。

母亲见我一手提着装着鱼虾的小圆筒，一手握着根木棍，姗姗来迟。母亲看着有些“野”的我，没有问我愿不愿意，就将我带走了。我来到了另一个城市，我没了玩伴。这个光鲜无比的世界，我总是被排挤出局。这个城市的冬天好冷，家乡的冬天其实比这冷的，可我却无比向往家乡的那个冬天。因为心灵的寒冷总比身体的寒冷来得迅速而且凛冽。我哭着喊着要回去，回到爷爷身边。可无论我怎样地逃都被母亲狠狠地拽了回来，她告诉我，我长大了，该懂事了。我似乎明白了些什么，但又不愿意明白。尽管那个时候我只是一个小孩，但对温暖的渴求绝对不会亚于一个成年人。

我厌恶极了那样冰冷的生活。我一直以为是妈妈偷走了那些美丽时光，很长一段时间里，我对母亲都抱着深深的恶意。

后来与青春相逢，我恋爱了，然后我的爱情又在毕业的季节里分崩离析，我在雨打的青春里受了点伤。我终将明白，所有的成长都是在得与失之间寻找平衡，而真正偷走我的童年的，不是母亲而是岁月。童年退场后，让青春登场，然后在装饰着阵痛的青春盛宴上，我嗅到了成长的味道。是的，谁又能永远活在小时候呢？我们都是被时间推着长大的。

如今，曾有过的恶意，成了嘲弄。嘲笑着我曾经的少不更事，嘲笑着那些年我对世界萌生的恨意。

六

2016年，临近年关，我和母亲上街，购置年货，却将付了钱的牙膏落在了超市里。母亲觉得可惜，我安慰母亲说明天去拿回来。可是第二天天气异常恶劣，雪洋洋洒洒地下了一整晚上，我在狂风混合着雨雪的天气里失去了拿回自己东西的力量。我说："算了吧，这么冷的天，车费都不止一盒牙膏的钱。"母亲点头默许。

这是这年冬日下的第二场雪，对于在南方生活了这么多年的我来说，这场雪下得还算尽兴。但早已没了打雪仗的心境，仅剩一点赏雪的情怀不曾随年岁的增长而泯灭，我就隔着窗户看一行行的雪花以斜线的方式打在玻璃窗上，随即融化。在我觉得，站在屋子里，隔着窗户，寒风都能从缝隙里渗入骨髓时，我浑然不知，我母亲下班后为了一盒8.5元钱的牙膏独自一人行走在雪地里，我还一直以为我说服了我的母亲。

就在我母亲去超市的路上，一辆试图寻路的外地小轿车撞了我母亲的右脚。刹那间，我母亲的脚陷入了麻木的状态，母亲急了："我还有事的，这看怎么给孩子们做饭。"一想到行动不便会给自己的孩子带来麻烦，她开始埋怨司机。在她给我讲事情的经过时，我愧疚，为什么拿那一盒牙膏的不是我；我心疼，我母亲在受到伤害时想到的不是自己，而是我们。我知道我母亲是一个很小心的人，永远靠右走，遵守红绿灯，可我还是责备她，"说让你今天不出去的。"

这个世界充满了危险，不出门危险就不会找到我母亲吗？我心里是明白的。

后来，司机带她去医院拍片、排队、挂号，医生说要观察，才能准确判断，在医院时母亲的脚也没有之前的疼痛，于是母亲要求回去。

母亲回到家后，像往常一样，忙得不亦乐乎。直到晚上，母亲的脚开始钻心地痛，我才得以知道母亲这一天的曲折。那一晚，我帮母亲揉脚，一晚无眠，一直在想：我和弟弟都是被母亲保护着的，而当我们的保护者受到伤害的时候，她却是孤独和无援的。我知道，我母亲在当时没有打电话给我们的缘由：一是怕我们担心；二是我们在她眼里只是孩子，还没有成长得足够有力量保护她。

这个不安全的世界，每天都有疾驰而去的车辆；有敌对社会公然伤人的暴力分子；有年久失修却必须路过的工程设施；有无法预知的自然灾害……这危险的世界里，我母亲独自一人，但愿这世间能温柔相待。

关于我的母亲，不是千字文字就可以诠释得清楚的，我想她应该会是我文字里永远的话题。在我心里，她是我与这个世界抗争的力量。

父亲的后座

关于父亲的记忆真的太少，我的文字里几乎没有他。脑子里“父亲”二字像是空白的存在，所以提起笔写与父亲有关的一切，终归觉得吃力。

他曾给的记忆被时光一点点“蚕食”，最后我能想起的真的就所剩无几了，大脑遗忘的速度先于我文字记录的速度。我开始怕了。此刻，任由记忆翻箱倒柜，试图把那些尘封但却被时间渐渐掩埋的记忆唤醒。我在努力，努力着回忆那些与父亲有关的记忆。

拼命想起的记忆，残留于心底的又会是什么味道?

一

暗淡的回忆中，始终亮着的是父亲的后座，他的后座应该是我整个记忆里最温暖的所在了。

童年时，我们聚少离多，我儿时的整个时光他迫于生计交给了乡下的爷爷。每到节假日，他会骑着他的自行车接我到城里，老家与爸妈居住的地方并不算远，但骑自行车却足足需要 3 个小时的时间。他就这样骑着他破旧的自行车将我从一个小山村带往另一个小城市，我人生的 10 多年里一直穿梭于这两地之间。只是 18 岁后，我往返两地，再也没了他的陪伴。

父亲白天是没有时间接送我的，只有晚上才会有歇息的时间，但这时间又被他交给了往返于两地的黑夜之中。父亲一般在太阳落山之时出现在老家的门口，渐渐地我也习惯了在每周的星期五或者节日里等待他的到来。我自然是不懂得他一路上的辛苦，只知道内心深处是激动的。尽管很多时候我只是乖乖地呆在后面，不言语，如果父亲不主动搭讪，我想我们一路上都会沉浸在各自的世界里，然后默默地将一条路走完。我不是一个安静的孩子，但是对父亲却有着莫名的疏离感，我所有的调皮在他面前是不存在的，也只有在他的面前我能找到些“乖孩子”的影子。

最让我迷恋的是夏日的夜晚，清风徐徐，炎热也有所收敛。我们出发时，夕阳的余晖正笼罩着大地，我静静地坐在他的后座上，看一路上熟悉但却不断向后退的风景。

道路的两旁伫立着笔直而茂密的杨树，杨树的枝枝丫丫相互掩映，层层叠叠的树叶覆盖在头顶，原本空旷的世界变得狭小和逼仄起来，每次都要穿过这道长长的密林后才能与阳光相逢。刚开始会有不安，但渐渐地也就习惯了。

晚上这条路上并没有行人，只有从我们身边断断续续地呼啸而过的车辆，送来一些声响后又疾驰而去；就连父亲的声音也只是偶尔出现，他有时会问我考试学习怎么样的问题，提醒我多看书，说给我又买了什么书……对于这些问题，我并没有太多回答的兴趣；唯一在耳旁持续不断的是青蛙的蛙鸣声和知了的啾啾声，伴随始末。

我感受到的夏日夜晚的模样如许多作者笔下的世界有太多的不同，他们说夏日的乡村田野是静谧的，没有聒噪，有的是阵阵微风的抚慰，可我真切感受到的却是另一番滋味，我总觉得这夜晚更像是一个“声音之都”，它藏着无数种我听得到和没能听到的声音。记得一次，我实在是好奇，于是问父亲：“夏天除了知了和青蛙的叫声外，还会有其他动物的叫声吗？”父亲自然答不上来，丢了一句很抽象但如今看来很具哲理的话，“万物都有自己的发声方式，动物也不例外。”那时无法理解父亲给予我的那文绉绉的解释，但也不敢再追问。现在想来，有些声音听见与否又怎是可以被告知的，只有用心去感受才能听到隐匿在万物背后的声响。

我拽着他的衣服，任由双脚随着车子滑动有节奏地摆动，看着投射在地上的影子随着光线一点点隐去，这逐渐模糊的影子似在示意我夜幕降临或者夜色凝重，只有当我的视线因黑夜无处停放时，我才会倚在他的后背上慢慢睡去。

冬天的夜晚没有夏日夜晚的意境，寒风在耳旁嘶吼，咄咄逼人的态势，使父女之间的相见变成了一场苦役。全副武装的是我，父亲好像并不为严寒所动，穿着平日里的衣服在寒冬里骑行，风太大，如遇雨雪天，三个小时的车程又被拉长。

初中的时候，我不再与父亲分隔两地了，我去了城里上初中，但我们父女俩往返于两地的故事并没有中断，他仍会载着我去看望住在乡下的爷爷，只是古老的自行车换成了崭新的摩托车，我们的路程缩短了许多。

寒来暑往，不曾间断。我想将这两端紧紧系着的是深藏于心底的牵挂。

与父亲真正在一起的时间是初中三年，高中时我在学校住宿。后来，家里经济条件改善，摩托车又被置换成小车，随着时光慢慢缩短的好像不只有路程还有父亲对我的陪伴。

高二的时候，我们连往返于两地的时间都不再有了，他因病离开，在我未来的日子里永远缺席。我还是穿梭于两地之间，但路途却掺杂着些伤感的情绪，来去开始显得沉重而复杂。

父亲走了，留下了新旧不一的车子。自行车原本就破旧索性当成废铁卖掉了；摩托车的容貌还可与时间抗衡，但因为搬家，一家人不知如何安置它，又舍不得扔掉，于是车子就放在了屋子的后院里，寂静地守候着曾经的房子。小车，且做弟弟的成人礼吧。去年，我再次坐了父亲的摩托车，只可惜载我的不是父亲，是我哥。我才开始怀念伏在他后背上的那么些个夜晚，怀念起在马路上流逝的时光，惊觉儿时的记忆原来那般的不可靠。

我坐在他的后座上感悟着四季变化，聆听着世界物语，瞥见过夏日晚霞也偶遇过雨后彩虹。这一路上流逝的是时间，但沉淀下来的是父亲对女儿的款款深情，而这爱足以温暖我整个人生。

二

我人生的第一本童话书《安徒生童话》是父亲送的，也是从那时开始知道人鱼公主那如泡沫般的爱情，幻想着可以如灰姑娘一样拥有自己的南瓜车和水晶鞋，那些日子里，我是住在安徒生世界的孩子，在他构建的王国里做着天马行空的梦。

小孩子们都有一个共同的心理，就是拿着自己最喜爱但是别人没有的东西，在玩伴中炫耀，以此来吸引大家的关注。我拿着这本书给大家讲《安徒生童话》里的故事，那是怎样一个得意的表情。尤其享受听完故事后小伙伴们对我投来羡慕的眼神。

从爷爷家去学校都要经过一个杂乱无章但人流窜动的菜市场，每次经过我都是被人流推着走的。来自五湖四海的人在这里摆着地摊，有时候会有摆书摊的人，书摊里的书良莠不齐，适合不同年龄层次和不同文化水平的人。一次，我路过看到地毯上摆着小人书，于是将自己随身携带的东西放在了书的旁边，因为看忘了时间，走得匆忙，竟把父亲送我的童话书落在了书摊上。我失魂落魄地回到家里，没有告诉爷爷，想着明天早早起床去菜市场寻找那位摊主，找回我遗失的书。

老家的那个菜市场只有早上才会有小贩来此经营，并且来这里摆摊的人都是流动的，就算那个摊主明天在这里，他会承认并把书归还于我吗？我开始担忧。第二天，果真连摆书的摊位都没有，心里难过得不像话。很长一段时间，从这里经过的时候我都会瞥一眼，看是否有摆书的摊位，当然有过，但再也没有看到过我要找的摊主。我人生的第一本童话书就这般丢失了。父亲可能早已忘记他曾送过我《安徒生童话》这本书。

其实童年时正儿八经去做过的事太少，唯一可以骄傲地拿出来说的就是看了些书，而这个习惯离不开父亲对我的影响。他没有时间指导我学习，但给我买了不少书，童话、寓言、作文书都有涉猎。每次见到我，总会问我“最近学习怎样？”“是否有进步”“考了多少分？”对于我吊儿郎当的学习态度很不满意，儿时的我离他心中所期望的模样应该还很远。我应该不曾让他感到骄傲过，我想我心里是明白的，可我小时候根本没有努力的概念。

当我考上大学，到后来在学校获得奖学金的时候，我都很想让他知道，想告诉他我在成长，我在努力变成他曾希望的样子。有时很好奇，如果他还在，当我告诉他我的那点“小成果”时，他会是怎样的表情？又会用怎样的语言来表达喜悦？

他在我最美的年纪里离席，生命里缺失掉的那片空白该用什么填充。或许他在十年前，就已告诉我——困顿孤独时可与书为伴。很多人会离开你，但书籍不会。

三

今年的二月，没有一丝寒意，太阳依旧如火如荼的在头顶绽放，百无聊赖，决定陪表妹去一趟小学的校园——领成绩单。站在那里，瞬间觉得时光在倒流。那年，我也五年级。

每一学期，领成绩单时父亲必定在场，他一学期也只会在此刻出现。

那时的我扎着羊角辫，背着双肩包，在不大而且破旧的校园里到处乱窜，也不知道为什么那个时候总有用不完的精力，瞎折腾也没有觉得累。我虽不是刻苦学习、成绩优异之人，但从不迟到，总是第一个到教室，每次推开门，教室里空荡荡的，没一个人儿，那个时候一个人一间教室，也没有觉得孤独。于是我就在教室里漫无目的地乱逛，等到所有的人流填满空缺，就开始忐忑，小红花、三好学生、优秀学生称号是否会属于我，仿佛身边的他们都是这些称号的竞争对手。若不是父亲在此，我想我也不会这样紧张。后来发现，所谓的紧张不安是那样徒劳，一个 50 人的班级，最后有 35 个人获得了荣誉证书。

等我对待领成绩单不再畏惧时，已是六年级，六年时光一恍惚就消失了，幸福中摇曳着的童年，开始与我挥别，时间是如此顺利地让我成了一名初中生。

身旁等候的家长，喧嚣不止。狠狠地把我从绵长的记忆里拽了回来。原来他们早在这里等候了，正热闹地聊着自家的孩子呢。言谈里全都与一张纸上的几个数字有关，我自认为握在孩子们手中的只是一串没有技术含量也不代表未来的数字，只是家长并不这样认为，那时我的父亲也不这样认为。

他们的等待里有焦急、期待，唯独我在这场等待中毫无痛痒，静静地以一个旁观者的身份去揣测他们的心情。

这时第一个走出五（二）班教室的是一个有些调皮，衣着没有考究的男孩。满脸笑意地在人群里找寻父母的身影。“考得怎样？考了多少分？”这些来自他家人的声音，堵塞着我的听觉，有一种熟悉的味道立刻重回心脏。可我清晰地看到，洋溢在那孩子脸上的笑瞬间无处寻觅。后来得知，这个孩子的家人常年在外漂泊，他是一名留守儿童。我的心跌入忧伤之渊，我终于明白他为什么要第一个冲出教室，因为站在门外的是一年未见的亲人。可为什么见面的第一句话却生硬得让人觉得陌生，为什么对分数的关心凌驾于对人的关怀。

“考得怎样？考了多少分？”永远不变的一句话，十年前我的父亲是这么问我的，十年后的今天家长们依旧说着同样的话。

我有隐约的失落，它来自于一个社会里一成不变的教育理念。

我绕开了这位家长，试图逃离这样的失落。可转身就看到另一位家长，看完自家孩子的成绩单后，又张望着其他孩子手中的纸，一句“你看，别人考了……”就这么不设防地落地。家长千方百计地去找一个参照物，拼命在人群里做一个比较，然后从中找出一些优越感来。对待 100 分以内的加减法，家长总比我们敏锐，甚至精准得多。92 分与 98 分我们统称 90 分以上，但是家长非要比个高低，我们家孩子考得比你们家孩子多或者少多少分，似乎那个数字的大小一并决定着你的未来，人为的为你的未来下了一个定义。

小学各科成绩从未低于 90 分的人，最后去了普通得不为人知的大学，而从未高于 80 分的调皮鬼，最后却有了属于自己的几家店，谁比谁更成功，所以没有一个人可以轻言断定一个人的未来，那么也别试图用虚荣让他用整个未来来买单。

在路上时，表妹就问我，“姐姐，如果我考得不好，怎么办？”我只是笑，因为我根本没打算去问你考得怎么样。后来拿完成绩单，她走到我面前，我已经知道了结果。小孩子总是不会去掩饰自己的心情，喜怒全写在脸上，既然他们的表情足以泄露埋藏在他们心底的秘密，我又何必不解风情地去问。但是家长并不会止于此。

十年前，父亲也是那个抓着分数不放的人，十年后，我所受到的教育和今天孩子们受的教育好像并没有怎么变。老师依旧为了让你过个好年，考试前对学生说彼此多多照顾，考试时睁一只眼闭一只眼，考试后又很慷慨地送点分。于是培养出了一群群不敢正视自己分数和自欺欺人的孩子。

什么时候教育可以是这样的，孩子们考多少写多少，不需要去刻意地拔高数字，来顾全大局，营造一种虚无缥缈的美好，从而让孩子在盛满虚荣心的容器里过个安稳的新年。而家长呢？在接过成绩单后，可以没有呵斥也没有质问，而是平心静气地牵着孩子往家的方向走去，在路上问她两个问题，这一学期你快乐吗？你成长了吗？而不是为什么，为什么你只考了这么一点，为什么别人家的孩子怎么怎么的？冰冷的分数与快乐地成长比起来真的太单薄，不是吗？

中国的教育模式，让中国的小孩并不幸福，但它培养了一群始终在追求幸福的中国人。我想问题在的地方，一定就是希望诞生的殿堂。

四

后面的故事，就带着疼痛了。

和无数个夜晚一样，下晚自习后，洗漱完毕，然后拧亮台灯，伏案写字或者温习功课。总之，悲伤来得毫无预兆。我接到母亲打来的电话，那时已经晚上 10 点了“君，你爸爸病倒了，昏迷不醒，赶紧回来看最后一眼吧。”这个噩耗犹如晴天霹雳，电话这头的我几乎是失声的，感觉整个世界都在旋转。来接我回家的是舅舅，他在车上安慰我，旁敲侧击地让我坚强。我全都听不进，一个劲地问为什么，为什么……像一个疯了的羔羊。

在医院的门口，看到了正在等候我的爷爷，他憔悴的模样，我一把冲向他的怀里，像是在互相鼓励，“别怕！还有爷爷在了。”他哽咽着说，但我知道这语气里多少有些逞强。父亲在重症病房里，母亲守在门口，像木偶一样，哭丧着脸，见我匆忙回来，又抑制不住地哭了起来。我咬着牙安慰她，“肯定会有转机的，爸爸身体那么好，一定不会有事的。”在生与死的较量下，无论打着多少鸡血的语言都显得是那样的空洞与单薄。

那个夜晚我们互相取暖，想驱走心灵的寒冷和现实的残酷。直到第二天，医生下了最后的通牒，苦口婆心地劝说我们离开，可我们不死心，央求医生不要放弃父亲的治疗。我们在医院的走道上声嘶力竭地哭喊，要医生让我们留下。似乎只要我们还待在这里，父亲就会有希望。

我们实在是找不到出口，只能与没了意识的父亲说话，告诉他别放弃，要坚持。我们说了这么多年来都不曾说过的矫情的话。一向与父亲没有多少交流的弟弟，说了一辈子我可能都不会忘记的话，“你在众人面前打我，说我不争气，我现在一点也不生气，也不恨你，如果你想要看我未来的样子，就别给我装睡。”只是父亲再也听不到。我们的呼声无论多么激烈，他也不再有任何的回应。

当医生将父亲推出病房的那一刻，才明白绝望是个什么滋味。从未有过的绝望感就要将我打败，接受事实似乎比事实本身更让人觉得悲痛。接下来关于如何送走父亲？如何面对明天？这一系列的问题就此中断，原谅我只能写到这里了，心里堵得慌。不过可以告诉大家的是，他走后的这些年里，我过得不好也不坏，仍可以顽强地存活于人世间。

有一段时间，筷子兄弟因一部电影《老男孩》被推上娱乐界的前言，继之而来的电影和歌曲《父亲》也引起社会的共鸣，我想我是被《老男孩》感动得一塌糊涂的那一拨人，但是《父亲》我却宁愿错过。以为这样，绕开与父亲有关的一切，悲痛就不会找到我，其实只是我在逃避。

我想我还需要一些时间，与那段记忆言归于好。

我与父亲的故事不是想不起，也不是我绞尽脑汁就可以想起的，而是我们在一起的时间太少，少得没法好好地将一个故事讲述完整。这“故事”有开始，却没有高潮，连结尾也只是草草收场，期间自然也没有你们想要的跌宕起伏。愿你们听完我们的“故事”后，不要太失望；愿你们珍惜如今陪伴在你左右的父亲。

我看见你成长路上的迂回曲折

一

我的童年是与乡下的爷爷一起度过的，弟弟和爸爸妈妈一直生活在城市里，所以我和弟弟的交流并不多，节假日的相聚不是他红着眼就是我淌着泪，在一起的日子如今想来也并没有太多愉快的记忆。那时，我们都太过自我，我嫉妒他每天有爸妈的陪伴与呵护，于是用自己坚硬的棱角刺伤他，试图挽回我日渐式微的亲情地位。而弟弟呢？又怎会看着我攫取他在家人眼中的中心地位，而置之不理呢？他也在使出浑身解数的力量，巩固自己早已建立的王国。总之，那些年我们一直在过招。如果吵闹也可以称作为一种谈话方式，那么争吵也就是我们最大的交流了。

读初中的时候，我离开了乡下，与爸妈一起生活。以为我和弟弟的“战争”会继续，争吵的硝烟会始终弥漫在我生活的上空。但是我惊奇地发现，后来的后来，一次也没有，沉默占据了生活的大部分，我们不再争吵，但也并没有太多言语。可能都吵累了，又或者我们都渐渐长大，开始嘲笑起儿时为了被爱而做出的种种幼稚举措。

我们在平静里度过了好些年，于是青春期与弟弟也不再是隔海相望。说起“青春期”，总是逃不掉“叛逆”，好似走过这段日子，人就开始温顺。弟弟也不例外，也在青春里叛逆。那些日子，他与爸妈的交流越来越少，甚至开始相莫无言。他把所有的时间都交给了屏幕里的游戏，与电脑零距离的日子远远多于与我们相聚的时间。对他寄予厚望的爸妈是怎么忍受的，而他又经历怎样的批评与指责，我不得而知。我只知道，晚自习回家后，我很少在他的房间里看到他，就算看到了也只是静默的背影。每到晚上，这个家庭里就笼罩着一股火药味，而这股味正在沉默里发酵，似乎就要冲破云霄，将所有压抑的愤怒一一倾泻而出。可能是爸妈怕打扰到我备战高考，所以他们和弟弟之间的“战争”，是在我不知道的某个清晨或者午后爆发的，我是这个家庭里唯一不被战争蔓延的角落。

他们大战后，我还是从邻居那里得知的，后来弟弟与家人冷战了两个月，他倔强着不肯低下自己的头颅，我是这个家里唯一一个他不那样抗拒的交谈者。尽管我和弟弟从不曾交换彼此心中的秘密，也不曾在黑夜里推心置腹地谈心，但是在一起相处久了，他的性格我也渐渐读懂。他不是那种把“坏孩子”当成理所当然，甚至在坏里找到些优越感的孩子，他说：“他不想做爸妈心中的好孩子，也不想做坏孩子，而是想做自己，觉得这样才最轻松。”那个时候，我第一次知道，原来爱也会带来负担。在过高的期望垒砌起的城堡里，看似爱意绵绵，实则让人无法呼吸，弟弟想要逃出城堡那急切的心情在那一次已经初见端倪。

在接下来的几年里，他始终用他桀骜不驯的姿势将我们对他的关心与问候一一拒之门外。

二

在弟弟19岁的这一年，他独自一人去广州当兵了。19年来第一次远行，去了一个母亲怎么也看不到的城市。他走的那一天，亲朋好友全都赶来送他，我们的心情复杂得不像话，看着身着制服的他在车站那里排队上车，一眼望去，他比同行的人高许多，清瘦的模样，白净的脸庞，很醒目。我心里暗喜，为他感到骄傲。

我们一家子人就这样静静地望着他，可他始终没有回头，眼角的余光里布满了从未有过的坚毅，笔挺挺地站在那里。他身后的人儿时不时地向后回望，回应着张望自己的亲人。等了许久，有人宣布上车了，话音刚落，哭声扑面而来，所有孩子都哭了，唯独他没有。这是我第一次看到如此多男孩子哭，离别的场景催人泪。

车的玻璃阻挡着我们追随他身影的视线，我挽着母亲，围着车绕了几圈，终于看到了他，他就坐在车的后面。似乎只要多看一眼他的背影，母亲就会下意识地认为他还没有离开，他还在离她很近的地方。

车子里混乱一片，孩子们都争先恐后地趴在窗子上，张望着站在那里的人和这个生活了如此之久的城市，曾经无数次咒骂它的又乱又小，今天终于有机会逃离了，却不舍了、怀念了。一度被认为无法装载自己梦想的城市在这一刻似乎多了几分可爱。我想，在未来的两年里，这里将是他们最大的牵挂。

弟弟就静默地坐在那里，看着我们被强大的人群推着走，他突然扬起手向我们挥手道别，眼泪在眼眶里“猖狂”，但始终没有让眼泪掉下来。一直强忍着泪水的母亲终于无法抑制的任由眼泪往下淌，可这时车子已经带走了弟弟，她们终将没有让彼此看到自己柔软的一面。

弟弟从不知道如何向家人表达自己的爱意，也从不向你袒露心迹，所有情感一并藏在肚子里。永远摆着一副看不清表情的脸，可是这一次，他轻轻地挥了个手向你道别，那个抬起手的简单姿势却是那样地让你难过，心里沉重得连自己都无力正视。

他倔强的样子让人觉得心疼，我心疼他不舍但不说的逞强、心疼他向我们刻意表现出的勇敢模样。

飞扬起的尘土，淹没了我们的视线，一切好像都回归了最初的平静，可我知道，弟弟的这次远行，在母亲的心灵深处掘了洞，而弟弟呢？一定会在母亲看不到的地方任由眼泪“肆意横行”。

回程的车上，我和母亲都没有说话，我们似乎还需要一些时间去习惯车子里少了一个低头沉默不语的人。

年轻时我们棱角分明，太过锋利，冷战、僵持，犹如宿敌。但有些爱就如静海深流，在你不知道的地方缓缓流淌。而有些软弱也总在没有人的时候才会倾露。

三

弟弟是 9 月去部队的，一个星期都没有和家里联系，母亲急了，一电话打到了弟弟的兵区，指导员告诉母亲，没有联系证明就一切安好，母亲悬着的心终于有了着落。

第二个星期的时候，母亲接到弟弟打来的电话，高兴得像个小孩，一大堆的问候一溜烟地落地。

“在那里习惯吗？”“训练强度大么？”“有休息的时间吗？”“伙食什么的好吗？”……

“恩！还好的！”四个字回答了母亲所有的问题。不知道电话那头的弟弟，有没有如母亲一样拿起电话时已泪流满面，是否仍旧摆着一副冷漠的脸与现实抗衡，我不得而知。只知道弟弟离开后，母亲的快乐没了从前的纯粹，所有关于弟弟的消息对母亲来说，都夹杂着担忧和心疼。所以那段日子我常常把弟弟的电话比作“纠结的幸福”。

每次在夜深人静的时候，我都会想起正在远方磨炼的弟弟，想起在家孤零零的母亲。你们过得好吗？尽管这是一个信息高速发达的时代，可是对于新兵来说，所有与外界联系的通信工具一并被阻隔。活在真空里的三个月是怎样地让人无法忍受，我不曾经历。

10月10日，接到母亲打来的电话，说弟弟写信给家里了，母亲在电话里给我读弟弟的信件，笑着笑着她又哭了。读完后斥责邮差送信慢，“孩子9月17号写的信居然今天才送到。”于是嘱咐我赶紧给弟写信，并把她想说的话一一在电话里与我说了，主要是“妈妈会很好的，你在部队好好照顾自己”之类的话。挂掉电话后我感觉我像做了一场梦，满是惊奇。我惊奇弟弟会主动给家里写信，惊奇他字里行间流露的柔软，好奇这一个月来弟弟在部队经历着怎样的生活。

在这里我不得不说说信的内容：

亲爱的妈妈：

你在家还好么？我到部队有两个星期了，部队的生活远比我想的残酷得多，不过我会慢慢习惯。这里的战友们身体素质都很好，和他们交流后，我才发现我曾经生活在天堂里。

妈妈，不要担心我，也别太操劳，因为我已经长大了。

我们的微笑还停留在嘴角，可是10月19日的一个电话将我和母亲脸上的笑一并带走，漾在心底的怎是一个“复杂”了得。

那是怎样的一天？好似和每天清晨一样，洗漱完毕，吃早餐、看书，可是今天拿起面包，却“啃”出些辛酸和难过来。脑子里全是弟弟打电话那低落甚至有些哽咽的声音，“我想回去，妈妈会不会好失望”，他的谈吐里已经没了从前的锐气，我愣在那里，沉默不语，因为我怎么也没有想到不可一世的弟弟居然会向我流露出如此软弱的一面，良久无声后，我问他是否认真地思考了，他斩钉截铁地告诉我，“是的”，这是整个谈话里唯一是他在用力说的一句话。我心底开始漾起别样的痛，这痛来自于岁月的无情，他改变了弟弟的模样。

我想我深刻地懂得弟弟在部队的艰辛和隐而未发的痛处，但我却不想他在现实面前妥协，所以我安慰他叫他坚持。对于弟弟的退却母亲一无所知，因为他终将没有勇气告诉仍在暗自感到欣慰的母亲，当然，我也不想告诉她，让她徒增悲伤。

四

我匆忙买了去广州的机票，决定去看看他。也不知是哪里来的勇敢，使我无惧于一个人的旅途。可能对未知远方的好奇凌驾于我的害怕吧。

出发的当天，下着雨，这天气为我的出行蓦地增添了些凝重感。我买的是0点的航班，这是我第一次坐飞机。找到前往机场的大巴都几经曲折，车上黑得可怕，不知道是司机节省还是常态，总之我一路上都不踏实，眼睛抓着黑暗不放，就算什么也没有看见，也不愿合眼。到达武汉天河机场已是晚上10点，这个城市，晚上也依旧繁忙。

离检票还有一个小时，我决定去书店逛逛，打发我这无处安放的时光。走进书店随意挑了一本书，捧起时突然想起弟弟在当兵前与我的谈话。在离家的前一晚，我们有了一次长达半个小时的交谈。当然结束的方式并不愉快，我灰头土脸地离开了他的房间。可能我的大道理惹怒了他，使谈话戛然而止。或许分歧一直都在，爆发只是达到了不可调和的地步罢了。见到他后我该用怎样的语言才不会使他抵触？这是一个我不得不思考的问题。

飞机准点起飞但未能准点抵达，它静静地定格在广州机场的上空，遥望着在脚下的广州。于是我成功地错过了大巴，错过了接下来的车程。脚触广州是凌晨 3 点，前往潮州的火车已驶了很远。我在这个偌大的城市里瞎徘徊，并伴随着黑夜的裹挟，那种来自于心灵的无助感在陌生的领域里被无限放大，甚至就要将我吞噬。我无处可去，只能去汽车站坐早上 6 点到潮州的汽车，从火车站到汽车站并不远，一路上都是流离失所的难民在在地上酣睡和神志不清的人在游荡以及拉着你不放的出租车司机。看到这混乱而没有安全感的场景，我对广州突然好失望。

这一路上我走得很艰难，黑暗使我便不清方向，一路问路而来。

6 个小时的车程后我到了潮州，那时我已经是全身无力，对待这个陌生的城市全然没了丁点的好奇，以为到了车站就与弟弟近了。后来才得知这里与弟弟的部队还有一段距离。于是我又接着坐车。

10 月的广州，有些燥热，仍可见行人脸上的汗珠在向下淌。

终于到了弟弟训练的部队，它在一个远离闹市也没有城市霓虹的偏远角落，周边难觅商店的身影，唯一有些声响的是 100 米外摆着地摊的露天菜市场，没有吆喝，也不见太多人流。部队的大门用两块巨大的铁皮焊接在一起，总觉简陋，秋风吹来的黄沙和落叶覆盖在道路的两旁，看上去有几分秋的萧瑟。与门相距 50 米地方有站岗的士兵在把守，笔挺挺地站在那里，目视着前方，一股严肃的氛围还未走近就已嗅到。

远远地看见一个身穿制服的年轻士兵向我跑来，帮我提我手里的水果，他是带我去见我弟弟的老兵，我开始与他攀谈起来，关于部队的生活也一点点地在我眼前展开，原来他比我弟弟还小，这是他兵旅生活的第二年。

我问他辛苦吗？他笑而不语，留给我极大的一个问号。

新兵训练的呼喊声在我的耳旁此起彼伏，随处可见同一制服的兵人在树下、操场上，排练演习。我在人群里远远地张望，寻找弟弟的身影，部队自然不会让家人随意探访，于是指导员让我在会议室里等他，十分钟后，我看见了弟弟。

五

一头乌黑浓密的头发已经消失不见，只剩不到一厘米的黑色短发伫立在那里，证明着头发的存在，他白皙的皮肤也不再光滑细腻，全都是很均匀的黑。他没了以前的单薄，身子骨壮了些，他看到我，用涩涩地笑当做与我见面的对白，我将我买给他的东西一一拿出，让他吃，并让他把一部分水果分给战友，他拒绝了，他说："部队很严格的，是不让这样的。"他小心翼翼地将我拿出来的东西又放了回去。

后来连长进来了，当时我和弟弟正坐在连长的对面，看到连长，弟弟松下去的身体立刻挺了起来，扬起手向他敬礼，我就静静地坐在那里，突然之间瞥见了他一个月来的蜕变。我的两只手随意地摆在桌子上，浑然没有想到这在部队是不被允许甚至可能会受到指责和惩罚的，坐在我身旁的弟弟很小声地在我耳旁说：把手交叉放好。连长夸奖了弟弟在部队的生活，希望弟弟继续留在部队，但是弟弟坚持要离开，连长问我的态度。我不知如何是好，于是我要求和弟弟单独谈谈。

我和弟弟单独一起的时间，只有一个小时。我问他吃喝拉撒这些琐碎的问题，始终没有问他离开的缘由。他说每天除了训练其他时间都在会议室，刚闭上眼天就亮了，班长的口哨声无论是白天还是黑夜都在耳朵边上，没法忘，每天都在地上摸爬打滚，每天都是训练、惩罚、训练的循环……

我从他的语气里读出他对生活的倦意。我懂得但我却没法发声，我唯一能做的就是静静地听着。

他说："新兵在部队里什么也不是，根本无所谓尊严，老兵带着优越感使唤着新兵，而上级呢？把新兵当操练的机器，新兵在这里和监狱里的罪犯没有什么两样。我不明白我在这里的意义，部队的生活颠覆了军人在我心中的形象。"我想这应该是他想回去的理由吧。

他怕我听到后会失望，赶紧接下了我含在嘴里没有说出的话。"我不厌恶每天这样摸爬打滚的生活，我也想好好地锻炼，但不想以失去尊严的方式来成长。"我突然想起了电影《大红灯笼高高挂》里的一句话"我就不明白，人在这院子里像个什么东西？像狗、像猫、像耗子，什么都像，就是不像人！"难道那段日子的生活真的是这样的吗？

一个月的生活浓缩成了一小时，我离开的时候，他想送我，但部队不让。他不得不站在与大门50米的地方，目送我离开。我知道一个小时的时间我对部队生活的了解只是冰山一角，我知道你不憎恶当兵，只是不喜欢部队的体制。

在这个用无数纪律垒砌而成的城墙里，有太多不可以。模式化的训练，没有人敢说不，其实每个人的心底都曾想过逃离，只是没有勇气与制度彻底决裂，毕竟每个人的肩上都背负着责任。说"我想回去"这四个字在心底需要练习了多久？又要有多大勇气才敢说出？

回程的车上，喧闹、嘈杂，十七个小时的车程，像一场劳役。以为看到弟弟后回程的心情会轻松许多，但是并没有，有那么一刻我不明白我跋山涉水而来的目的，我不是准备说服他留下来的吗？我不是想告诉他要坚持的吗？可是那一个小时里，我却一直在沉默，这沉默会不会让他觉得我在支持他，给了他彻底离开的勇气呢？我不知道。

六

一个星期后，弟弟坐上了回武汉的车，在火车站等候他的是涛哥和母亲。母亲严重晕车，我说我去吧，但她执意要去。我不知道当母亲见到他一个月未见的儿子时，会是怎样的心情？

我生活的小区把“弟弟当兵只有一个月就回来了”这件事当作茶余饭后的谈资，大做文章，弟弟回来后没少经受别人的质疑，整个小区都带着异样的眼光在看母亲和我弟。但母亲仍旧像往常一样，按时上下班，每天6点钟的时候，小区的门口都会聚集着街坊邻居在那里家长里短，有一搭没一搭地说着某家人的故事，只是那段日子换了话题，说的是教育和孩子成才的问题。有人说母亲惯坏了孩子，说我弟是“逃兵”，总有人遇到母亲会问：你儿子接下来要做啥？不知道是出于关心还是……母亲只是笑，“先让他休息着吧，慢慢来，不逼他。”并要求我不去理会。

我自然是知道母亲的隐忍，但她从没有在弟弟面前抱怨，只是说：回来就好！

2014年12月，弟弟随着堂哥去了俄罗斯，在堂哥的带领下做起了生意。而关于弟弟的议论在小区也渐渐散去。

如今他站在异乡的国度里，晚上总不会忘给我发邮件这件事，于是我和母亲每晚都期待邮箱里一封来自于俄罗斯的信件。他问候过母亲后，就开始调侃我，问我谈男朋友了么？让我赶紧找一个。我们聊着如此敏感的话题，但却很愉快。母亲不会玩电脑，自然无法和他在网上交流，她所有想说的话都是我来传达的。

有时母亲会穿上自己认为最漂亮的衣服，拉着让我给她拍照，让我把照片发给弟弟。如今弟弟发来的所有照片，母亲都很小心地收藏着，让我洗出来放进弟弟的相册里。不久前回家翻看那相册，不禁感慨万千，弟弟已在俄罗斯有半年的时间了。

有个问题一直留存在脑子里，不敢问，怕他想起会难过。有一天，我实在没能忍住，问他离开部队被邻居们认为他当了逃兵，那时后悔自己回来么？有责怪我曾经无声的默许么？

“部队那一个月的生活，我想够我一辈子用了，那时睁开眼，看到的第一缕阳光都带着恐惧，我每天都在找一个人活着的尊严，留在那里也只是在骗自己。而对外界的评论，我倒是无所谓的，只是回来后苦了妈。”有时觉得弟弟是在一夜间成长的。一路的折腾，使他终于在这个世界上找到了属于自己的位置。

可是人的成长又怎会如此简单，谁的成长没有摔倒的瘀伤呢？这一路上弟弟经历过多少嘲弄以及多少咬牙切齿地暗自鼓舞，我想时间才是唯一可称得上他成长路上的见证者。我和母亲都不算。

后来我总是想起他说的一句话“不想以失去尊严的方式来成长”，一直到现在我都不知道那是真理还是谬误。可能也不再重要，因为他用自己的方式告诉了我们——他成长了。

有些人你不会忘

我是愚笨的

从记事起，到如今，被自己称作为朋友的人太多。有时我会想，比朋友更尊贵一点的叫什么呢？闺蜜、挚友、知己……于是，我将那些出现在我生命里的人，偷偷排了个位，那占据前几位的人，只有自己知道他们对于自己而言是多么多么的重要，但是“情”这东西，不是我呐喊几句，用些空洞的说辞就可以评判的，那不是落入矫情的圈子里就是陷入虚无的造作里。

有些朋友，在自己心底足以配得上所有的嘉许，可在他们面前，你就是说不出一句华丽的辞藻，唯恐这绚烂的词架空了真实存在的“情”。

我想，我们总会在某些“情”面前显得很愚笨。情是一点点沉淀下来的，就如润物细无声一般，在滋养着你的心灵，那么就别惊扰她，也别试图用文字去歌颂，因为你终将没法把自己的心拿出给人看。而我要做的就是把你们放在心底，放在一个牢靠的位置上。

在这里，我只想写两个人。

047
有些人你不会忘

一

如果让我静下心来去细数希望我长胖一点的人物名单，最强烈希望的除了我妈就是微微了，她总是一副很嫌弃我的样子，说我怎么还是这么瘦，肯定又没有运动，又挑食之类的批评之声向我的左耳和右耳发起攻势，但我从不觉反感，因为我知道，这是暖心之语。

我的初中，如很多学校一样，在教育厅不允许的情况下坚持着将班级分成快、中、慢班的作风，你的分数决定了你的班级，就这样我们逆来顺受地被人为地划分为三六九等。快班的学生总有写不完的作业，在学校里是沉默的一个群体，很少露面，那么在教室外闲荡、聊天的就是慢班的学生，这是初中老师们心中约定俗成的思维。中班呢？则处在一个非常尴尬的境地，偶尔紧张多数松弛，这取决于我们的考试成绩。

多年后，当我们回忆起初中时的分班制度时，很多人会心生怨恨，甚至咒骂，因为唯分是从的模式遗忘了太多有潜力的孩子。可是那时的我们却不觉一点恨意，情绪过后又欣然接受，而家长也在用沉默表示认同，可能是中国人对教育有着本能的敬畏，也懒得去辨别和质疑吧。

我在中班，初三那年我过着不紧不慢的生活，微微在快班，每天放学她会将她们老师讲的笔记拿给我看，我也会向她请教一些我不懂的题目，她不是那种只给我讲清楚一道题就完事的人，她会拿出同类的题，来比较分析，让我去吃透一个类型的题目。当然，很多时候，我都是没能做到的，曾经撞过的墙，我还会撞第二次。与微微相比，我愚笨得多。但我没有一点自卑感，可能是微微身上没有优秀之人的高傲和盛气凌人吧。

她内心很暖，但外表看上去却像是一个没有长大的小孩子，举手投足之间都透着天真的模样，笑起来像风吹动的风铃声，清脆悦耳。简单的衣着，没有一点装饰，她就这样如此纯净地在我的生活中闪耀着。

高中时，我们去了不同的地方，始终主动联系我的是她，她邀我去她家，一起吃饭，一起做作业，知道我英语差得无可救药，熬夜给我补笔记，学校奖励她的一个厚厚的黑色笔记本全都是她给我做的重难点。后来渐渐懂得，那些主动联系你的朋友不是因为她们有多么需要你，只是比你更懂得珍惜友谊。在维系友情方面，我是愚笨的。

看上去像个孩子的她，在大学选择的是机械专业，每天与机械接触的她也没有觉得孤单，一如既往地做着不逃课、品学兼优的好学生。课外时间兼修德语，从一开始就已设计好了自己的未来，不是去德国就是考研。当然最后一个也没有实现，她应她爸爸的要求，留在了自家的纸碗厂里，做了他爸爸的左膀右臂，从此踏上了一条经商之路。不知如今在顾客和老板之间周旋的她，是否留有遗憾?

她毕业的那一年，终于接受了默默喜欢她六年的高中同学，直到那一天那个在人们眼中的小孩终于不再是孩子模样。我有隐约地担心失去但更多的是高兴。

毕业后，能够爱情和事业双丰收的人，应该并不多。而我和微微比起来，就坎坷得多了，一路跌跌撞撞。说实话，我在心底是羡慕她的，有一次，我很沮丧，倚着她说："羡慕你的生活可以那样平静。"她流露出一丝叹息，"太过顺坦可能也是一种缺失吧，你的生活多精彩呀，你看，你就能写出那么好的文字。"她是那种语言中都打着鸡血的人，只要说说话正能量就能不请自来。

我们羡慕，羡慕那些不用太费力就可以坐拥未来的人；羡慕那些看上去很傻但却被世界温柔以待的人；羡慕那些不用经历波澜爱情事业依旧双丰收的人……我们羡慕，大底只是因为我们不是。我们成功绕开了所羡慕对象中的任何一种活法。

或许一直令我羡慕的微微，在经商的路途上有过很多的艰难，只是从不与我说，笑的背后，她有多使劲，留下过多少眼泪，又有几人能知。

在这个竞争如此激烈的时代里，没有哪一个人的活法是容易的，所以，我的羡慕是愚笨的。

后来，我忙于自己的事，我们一起交谈的时间日渐少去。去年暑假，我和微微在武汉游玩，途径江汉路。一年多都没有踏上江汉路了，而那个写满故事的星巴克自然也没有再涉足。其实她们的剧情都一样，不一样的是换了人。尽管那个陪我在这里晒过幸福的人早已逃之夭夭，店里的布置也换了新颜。但仍旧值得庆幸的是，陪我一起路过的还有憨笑着的她。

曾经手牵手走过的街，在一些人离开后，渐渐成为碰也不敢碰的地带，甚至认为会是自己永生都不会再踏上的路径。于是总会选择刻意地绕开它，怕强大的落差瞬间偷走自己笑的模样，怕傻傻地还在熟悉的地方找远去的背影。

如果不是微微，我还会绕。在那一次相见后，我才知道，在我没心没肺“谎称”自己没时间找她，在她升学宴、朋友聚会上因为这事那事频频缺席，一个要送我的礼物她一留再留，只想亲手赠给我，当我接过那个布满灰尘的杯子，还有那件美得不像话的裙子时，我不知道这是怎样一个复杂的心情，每次我难过了，我说：“微微，我觉得无助。”七个字换来的是我似乎需七分钟来读的短信，一条又一条。

我是愚笨的，但同时也是幸运的。

二

你有遇见这样一个人么？她很少言语，总是静静地听着，然后用眼神示意你她都明白，如你一样真切的懂得。

刘怡是我高中与我同床共枕了两年的人，我们在无数个夜里厮守过无数的秘密。我们住在一间被时光摧残得没有容颜的三层楼的房子里，房东也没有因为要出租而对这破败的房屋有所装饰，墙上连白石灰都懒得涂抹，男主人、女主人与这老房子一样很是邋遢，但好的是他们从不干涉我们，我们在一个相对自由空间里。时逢下雨天或者寒风呼啸的冬日，会担心这在风雨中飘摇的房子会突然倒塌，但是房子的廉价、宽敞、离学校近，已足矣让我们暂且忘却它的破败。

这些年来，她是我身边最沉默的小伙伴，在那滔滔不绝讲话的人是我，讲着或义愤或激烈或矫情的言论。我不是对所有的人有讲不完的话，我想我们都有过给一些人讲了许多话，却不被听懂的挫败感，而这种挫败感告诉你，有些话只适合讲给懂的人听。

她就这样沉默着，不曾缺席我每一次的快乐和悲伤。她看着我从失去父亲的苦痛里一点点活过来；陪伴着我在高考的打击下颓败后又倔强地站起来；目睹着我在失恋的挣扎里慢慢释怀……

我和她居住在那间寒碜的屋子里，两年来，我扮演着被照顾的角色，每每想要去换一种角色，却又往往表现得愚笨。后来，我们去往不同的城市，而我唯一做的，就是在不停地叮嘱她，不要一个人把所有的重活往自己身上揽，一是心疼她；二是怕她被欺负。直到大二的那个暑假，我才知道我所有怕她吃了亏的叮咛，自以为的聪明是多么的狭隘和不堪。

大二那年，临近暑假，就开始纠结，该选择哪个城市实习的问题拖累着我，这疲惫和纠结就要把人拖垮，一方面是想拒绝学校提供的安逸的实习环境，但又没有足够的勇气去直面大城市里接踵而来的挑战和陌生的一切。我决定找刘怡说说，听听她的意见。她分析了我目前的现状，果断地要求我来武汉实习。我自然是知道去武汉实习的好处的，但是人在没有住的地方时，再大的梦想也是沉寂的。她知道我的顾虑，毫不犹豫地让我住在她住的地方，告诉我，我的担忧都不是问题。是的，在安逸和挑战面前，我选择了后者，但真的与勇气无关，而是我突然知道，我所要经历的地方，那里有一个旧人，有一个陪伴。

为了赶紧去报社报道，刘怡让她的同学在我下车的地方接我，怕我误了时间，她的同学立即接过我的行李，一点也没有惧惮摆在她面前两个包包的重量，“放心吧，我帮你拿上去，等会回来了就给刘怡打电话。”我在一个陌生的地方就这样让一个陌生的人拿走了我全部的物品，却没有一点担忧。我想所谓的毫无保留的信任应该就是这般吧。

“让你少拿一些东西的，我这里都有，用我的就可以了，转车一定累坏了吧。”她一边责怪我，一边带我去她的住处，这是她新的家，我没有去过。三室一厅的屋子里住着公司里 20 多个人，客厅里也摆满了床铺，显得逼仄，屋子里没有开灯，幽暗幽暗的，看得出有人在休息。于是我屏住呼吸，蹑手蹑脚地走到了刘怡的房间。她的房间虽小，但却清净，下铺住着一位老乡，是刘怡的高中同学，见我到来，很是热情。刘怡让我以后睡在她的床上，说这就是我固定的床了，而她呢？却只能成了这个屋子游动的居住者，哪里没有人就睡哪里。然后带领我熟悉环境，一切安排妥当后，她匆忙赶去了工作点，“有任何困难，都可以问这里的人，她们都挺友好的，把这里当家一样哈。”那一刻内心里凝聚了太多的感动，可我一句话也没有说，只是点了点头，示意她放心就好。是不是因为太过熟悉，所以让言语滞塞了。

屋子的灯很少亮起，也很少有声响，黑夜和白天也没有明确的分界，因为总有人班制不同，休息时间不一。七月的武汉，走在路上毫无幸福感可言，每一分一秒都像被人为拉长，很是煎熬，屋子里的冷气一刻也没有停歇，于是温度停留在那里，像一座地窖，每次穿过屋子到我的安身之处，都带着些冷意。庆幸的是，刘怡的房间与他们是分开的，我处在一个很独立的空间里。

印象最深的一次，是采访完后身心俱疲的我，回到住处，没有一点预兆就停了电，刘怡还在公司里，我不知该去往何处，不知道该如何度过一个没有电的夜晚，无助感一点点攀升，这时刘怡的同学妮子走了进来，我和她并没有多少交谈，只是仪式性的见面打个招呼，然后各自忙去，妮子这一称呼是从刘怡那里得知的。“你肯定还没有洗澡吧，我带你去宾馆洗吧。”我喜出望外，顺口称赞说刘怡的同学真好之类的话，“是刘怡人好……”妮子笑着回应。

在那生活的后来的一段时间里，这样的温暖并不少见。这一个月的时间里，如果不是刘怡在我眼中那傻傻的不怕吃亏对人好的精神，她不会如此自由地睡在别人的床铺上，我也不会得到她同伴们主动地帮助，我想我曾经对她的叮嘱是愚笨的。走的时候，我终于第一次没再嘱咐她。“别把重活往自己身上揽”这句话应该会羞于提起，我仿佛听到她曾说的但被我取笑的一句话：吃亏是福。

当我觉得很多人走着走着就丢了的时候，她们似乎永远都会在我身后给我所要的鼓舞。而我，似乎只是在享受着她们给我的温暖，却不知道该怎样给予她们同样的东西。我很固执，这种固执似乎带着些许的偏执，这股傻劲也让我失去了很多，但在这场失去的战场里，我明白了在兵荒马乱里沉淀下来的是最璀璨最值得你爱的人和事。

一直以为，再亲密的朋友长久不联系也会生疏。可是有些人，就算你两年来连一个照面都没有打，可是见面的时候依旧能让你感受到最亲切的存在，你还是会将一些埋在心底快要烂掉的话一股脑地倒给她，悲伤的、快乐的统统拿出来晾晒，但却愚笨地不曾流露过谢意，可在心底你早已为他们挂上了“永远”的头衔。

温暖的陌生人

我想很多孩子都如我一样，从小就被告知不要和陌生人讲话，长大后时刻被提醒着与陌生人保持着距离。但我并不排斥陌生人。

每次出远门坐车，妈妈都要在我耳边强调，“在车上别和陌生人讲话”

“没有那么多的坏人，做坏人不累？”我反驳到。

“出门在外小心一点不好一些吗？”

“但我一次也没有被骗过”

有时觉得我和我妈的世界观都是有问题的，她把世界看得太坏，而我又把这个世界看得太温柔。

其实在车上主动和你搭讪的人并不一定都是有所企图的，他们可能只是太无聊，需要一个人打发在车上的时光。而你又是他的邻座。

我们该如何看待陌生人?

一

一直都想去厦门，但都因为这事那事拖着没有去。大一寒假时，终于狠下心来，约着大学里几个伙伴就买了去厦门的车票，为了感受穷游，我们去厦门买了硬卧，回程买的硬座，21个小时的火车，现在想来，那个时候天真得有些傻气，有种不知未来的盲目勇敢，竟从厦门坐到了家。自那一次经历后，我打算此生都不会再买硬座票去远行。

从出发的那一刻起，一行五个人，疯了一样地发自拍，好像那一天大家都自我感觉特别良好。坐在火车上时，叽叽喳喳地说着一些很遥远的事情，什么结婚、生孩子……啥都聊了。望着窗边的风景不断向后退，而自己却一路向前，这种感觉真好。

在车上，我们都各自在心底畅想着这个城市会是怎样的一个模样，有人说它是一个多情的城市，更是文艺者的天堂。但我仍然期待着它会给我一个不一样的世界。可是激动和对未知的期待随着乘坐的疲惫在一点点减弱，决定打起精神，玩起了扑克，可没有输赢的牌局只是徒增疲惫，本想就这么睡到厦门，但隔壁车厢一个小男孩从我们开始打牌到现在，都在我们床铺的扶梯那里注视着我们。

“是不是想过来和姐姐们一起玩？没事的，过来吧！”

男孩走了过来，用甜甜的嗓音喊着我们姐姐，那样子萌呆了。于是我们各自从包里拿零食给他吃，表示对他的喜爱，抢着要和他拍照，然后有人在空间里发：在去厦门的路上，果真有邂逅，遇到了自己的男神。

“不吃，不吃，这么多。”男孩赶紧说：“谢谢姐姐。”这时男孩的妈妈过来了，“这么多漂亮的姐姐，你表演个节目给姐姐们看。”

男孩不好意思地跑开了，跑去了自己的车厢，不一会，男孩手里和兜里全都是坚果，说要分给姐姐们吃，然后给我们五个人每人分发，“五个人，一人三颗，就十五颗，刚好。”男孩自言自语道。我们急忙说谢谢，后来我们慢慢熟络，知道了男孩名字叫王俊哲，他现在5岁了，也是去厦门鼓浪屿游玩，当然也知道了一些令我很惭愧的事情，一个五岁的小孩所到之处远远多于我所走过的地方，而且还能清晰地说出每一个地方的特色。

而我们 5 岁在做什么，又知道些啥？应该在玩泥巴，也只知道泥巴吧！

男孩胖嘟嘟的脸上笑起来有两个迷人的酒窝，很让人喜欢。拿了坚果又去给我们拿大枣，他妈妈说他拿的枣子没有清洗，于是领着俊哲去洗好了又送给我们，我们被这母子俩的友好感动着，竟毫无睡意。

夜渐渐黑下去，整个车子里只有我们的车厢一如既往地欢腾。男孩母亲看着夜色已晚，于是喊男孩回自己的车厢，说："姐姐们要休息了，姐姐们坐车很累了。"

男孩不舍，以为就这么回去后我们会在他睡着的时候下车，然后再也不见。"我家在黄石经济开发区 13 栋 16 楼 162 号。"用手捂着嘴巴偷偷地在我们耳边说，"你们一定要去玩哦，我家是……"他怕我们没有记住，悄悄地说了两遍。男孩妈妈并没有阻止孩子告诉我们她家的地址，这让我看到了一个家庭不同于我们这一代人的教育模式。说了地址他还是不放心，还告诉我们他母亲的微信号，说想我们的时候就和我们发微信。

"姐姐们明天和你一起下车，他们也去鼓浪屿玩，明天早上你还可以见到姐姐的。"男孩母亲看出了孩子的不舍。"我们明天和你一起下车。"听到这句话男孩才回到了自己的车厢，睡去了。

在床上我一直在想，一个五岁的孩子都能用爱来温暖路人，对一个陌生人竟可以毫不设防，而越来越长大的我们，却活得越来越小心翼翼，用冷漠的躯壳使自己处在安全区内不受伤害。

我们五人原本分布在不同的车厢，是和乘客协商后才坐在一起的。晚上，有人检查，我们被赶去了各自的车厢，于是我们慌乱地穿好衣服，拿着随身物品，频频道歉，说一堆客气话的样子在我脑子里浮现。

第二天醒来，男孩没有看到我们，于是在他爸爸的陪同下他沿着一节一节车厢一路喊着“姐姐”，到处把我们寻找。我们这才意识到我们昨天一个随意的承诺，于孩子而言，都带着极其认真的意味。他将他毫无保留的信任交给了一个我们所理解的陌生人，而我们，对这世间还存几分信任感呢？

这使我想起了张晓风的一篇文章《我交给你们一个孩子》中写道：世界啊，今天早晨，我，一个母亲，向你交出她可爱的小男孩，而你们将还我一个怎样的呢？今天我想说，世界定会还你一个你所期望的那样的孩子。尽管道路漫长，但一定是一场必胜的持久战。

“再坚持的乘客，到站了就要下车。”

我们和小俊哲在厦门火车站里分开，所谓的生活就是不停地遇见，不断地离别，然后又不停地习惯。

后来，我们在微信上和小俊哲聊过天，但却从没有再见过。车上的每一个乘客和我们就像一条短暂的相交线，我们都在线的另一头，过着再也不相干的生活。

二

在厦门待了三天，所到之处都只是浮光掠影，这个城市于我们而言依旧陌生。所谓的来过、所谓的旅行只不过是拍了些照，吃了些东西买了些特产罢了。

时间太短，终将无法去了解一座城。而至今仍能想起的是光着脚丫在沙滩上的柔软感觉以及海水浸湿衣衫的冰凉和游轮上海风带来的清冷……就这些了吧！

坐在回程的车上，我们没有不舍的情绪，因为知道自己还回来，所以可以平心静气地离开。

买硬座的大多是农民工，行李包裹占据了整个车厢，我们的腿都没有伸展的一席之地，一个固定的姿势摆了几个小时，五个如花少女不得不脱掉自己的鞋将脚放在对方的座椅上，在疲惫面前形象显得一文不值。

我们没了来时的闹腾，出发时的激动，都化作了离开时的沉默。在混着烟味和汗水味的空气里，闷得人心慌，额头上的汗珠一排排地往下渗，你不明白这炎热来自哪里。困得不行，可就是睡不着。于是异常羡慕那些坐着都可以睡得香甜的人，唯一期待的是时间你快些走，快些，再快些。

到了晚上，你就更想睡了，可是你只能坐着打瞌睡，趴一会胳膊就开始麻木，腿开始胀痛。想跳车的冲动有过无数次，硬座 21 个小时的滋味我想尝过就足矣。

当车开到江西站的时候，对面的座位换了新的一批人，这才发现，我们坐了别人的座位，于是我们只能和一个面容和善的大叔协商，“我们五个是一起的，可不可以和您换一下，让我们坐在一起。”叔叔没有半点犹豫就答应，当然在这换位的过程中，听到了很多暖心的语言，“他们都是学生，我们能让他们坐在一起就尽量换一下。”所以换座位在这个车厢里并不是一件难事。

只是从协商到最后大家都安稳地坐下，经过了拥挤的等待，因为人和人之间隔着的都是行李。他们上车没多久，那位叔叔的妻子就开始头晕，无奈，叔叔只能站起来，把座位留给妻子，让她可以在一个相对宽松的空间里弯身躺下。我睡了一会，那位叔叔依旧站着，而妻子的头晕越来越厉害，他一会从车厢那头打来热水，一会又去找来列车长，试图寻求一些帮助，可是列车长迟迟没来，他只能抱着妻子让她的身体少些颠簸。我微闭着眼，但我能感受到他扶着妻子去卫生间来去的身影，后来妻子呕吐频繁，眼睛也开始花，我也替那位叔叔担心，可也只能远远地看着。

过了很久，列车长来了，询问了几句，解决的办法也只有让其下车，可是下车了，他们面临的仍是困难，哪里找医生，哪里有车。于是只得在这火车上坚持到目的地。但幸运的是，那女的慢慢地少了些挣扎，隐约地睡去了，可是叔叔仍打着精神，时不时地将快要滑落的衣服给妻子盖上，好随时回应妻子的需求。这一场景让我看着很温馨。

后来的后来，我们下了车，我很想知道，在最后的最后，那个女的是否平安抵达，只是我再也无从知道。只愿善良的人们，你们安好！

陌生人并不是洪水猛兽，我想你一定也会遇见许多温暖你旅途的陌生人，若远行没有遇见几个像这样拥有温暖心境的陌生人，会不会也是一种遗憾呢？

写你文字带着歉疚

有些歉疚埋在时光隧道里，迟迟不愿与人说，或许承认就意味着莫大的伟大吧！只是一切都回不去，但至少不要在回忆里做逃兵。你总得在逝去的日子里学会些什么……

一

十九岁，我加入了新的行列——高四。

高四的天空是灰色的还是黑色的抑或是彩色的，只有经历过的人才会懂得。

那些日子永无止境的习题，霸占着文字的一席之地，你不再有时间写下锦绣文字和内心萌动的小情愫，你就像一个失去嗅觉的人，辨不出生活的酸甜苦辣。

高四就这样抽走了你关于文字的敏感，然后恶狠狠地把你抛进漫无边际的题海里，成为一个做题的奴隶。以前认为不平凡的日子如平安夜、生日、春节，在这一年里一并普通过。就算被允许放肆，也没有心情肆无忌惮了。

因为你生活的头顶无时无刻不被高考的乌云笼罩，我们都已无力放纵，那些叛逆的因子，随着高考的失败似乎早已不复存在。我们学会了顺从，哪怕是盲目的。

一间教室坐着60个人，每个人都在自己的世界里忙碌着，停下手中的笔，嘴角扬起一个弧度，彼此打个照面，都是奢侈品，没有人愿意去消费。很多人在一起说过许多话，可话里都是x、y，连做个自我介绍都是那样的多余。我想曾经陌生的某某来年也依旧陌生。如果有一天某一个人突然从这个教室里消失，一定不会有任何人察觉，因为刚开始谁都不是谁的朋友。这畸形的生活圈子，就如闻一多笔下的死水，就算你朝他扔进一块石头，也不会漾起半点漪沦。

总之，高四的第一个星期，复读的生活在我心底糟糕透了。直到一个星期后，老师调换座位，琴姐成了我的同桌，才一改我的窘态。

她比我们大，说话细声细语的，成熟稳重，因此同学们都喊她琴姐。她成为我的同桌后，我发现她书桌上始终摆着一罐未喝的红色旺仔，一天、两天……始终没喝，并且每天都会用纸细心地拭去它身上的灰尘，这种强烈的仪式感我每天都目睹着。后来我们渐渐无话不谈，我好奇地问她："旺仔是不是对你有什么特殊的意义。"

"没有，只是看着旺仔觉得很开心。"是的，旺仔是唯一一个在这种高压的环境下始终笑着的人。在那样的日子里，我们都在试图找些快乐来作为心灵的支撑，从而使单调的生活多些乐趣。

二

琴姐学习成绩好，是奔着武大华科去的。其实最可怕的不是聪明人，而是不仅脑袋瓜子极好而且还很努力的人。

有些人虽永居成绩单的高位，但骨子里的孤傲、冷漠甚至蛮横是我这种资质平庸的人难以靠近的。可是琴姐和优秀的大多数人不一样，她优秀得让人觉得舒服。她永远摆着低姿态，在与同学讨论习题时，从不与人争得面红耳赤，就算她解题的答案正确性已是铁证如山，她也没有一丝的狂妄和不可一世。她的谈吐里找不到命令的语气，总是带着商量的口吻，哪怕在我眼里她对疑难问题的解答的权威性并不亚于老师。

所以凡是我不懂的问题我都会向她请教，我学习基础先天不足，后天畸形，没少烦她。当然很多问题都是些幼稚的小儿科，她没有为了敷衍我而给一个答案后自己埋头学习，而是通过举例子、讲原因的方式让我理解，可我真的好笨，同样的题型换个法子我就出错了。有时很急，我就责怪自己，她总说没事的，至少说明你并没有真正理解这个方法，慢慢来，下次遇到同样的习题我再提醒你，让你多练习练习。

尤其是英语，真的是我永远的痛。复读时才开始痛下决心要好好学习英语。琴姐英语超赞，当知道我不会音标时，她二话没说，下了晚自习后就教我学英语的发音。我与她住同一间宿舍，晚上 10 点半下自习，迅速洗漱完毕，开始学习英语，没学一会，就已是凌晨。台灯在黑夜里寂静闪烁，我们压低嗓子一遍一遍地拼读，学会音标后又接着学习一些基本的句型，从句、时态都是让我极其头痛的问题，琴姐一点一点地给我讲，我细细领会她所讲解的，我做习题时她就自己复习。尽管很多东西以我当时的水平真的没法懂，但一股脑地都记住了。

挑灯夜战的场景真的让人怀念，因为 19 年来我第一次如此拼过。其实未来你真正记住的一定不是复读带来的疼痛，而是你曾经昂首阔步走过的日子。

从学校的教室到食堂，这之间的时间，琴姐会检查我音标的读音以及一些单词的记忆，直到那时我才明白，优秀之人是如何炼成的。如果不是复读，不是认识了琴姐，我可能从此与英语都不想再有往来。

每个星期母亲都会给我送饭盒，我告诉母亲我在学校里认识了一个伙伴，她天天都为我辅导英语。母亲知道后很感动，一是感动她的女儿终于不再放弃英语；二是有一个人竟会用自己宝贵的时间来帮助我学习。后来母亲来学校，会打两个人的饭盒。

有什么比温暖在传递更让人觉得幸福的。

后来冬天来了，艺考也不远了。我一直苦于写不出好故事，于是她一个人去了书店给我买了一本精彩的故事书，说希望能给我些灵感。冬天的晚上，我和她睡在一张床上，然后她听我讲故事，也会给我提一些很中肯的意见。总之复读的那个冬天，一点也没有觉得冷。

三

考试多的唯一好处就是你没有时间去酝酿上一次失败的悲伤，落幕，之后又得马不停蹄地登录，所有的失败和成功都只是明日黄花，不停地接受战斗才是良策。

我用了复读的三分之二的时间学习英语，进来时的 60 分到学习一学期后的 70 分，就再也不增不减了。我行走在乌龟爬行的路上，看不到起色让人有一种莫名的无力感。对琴姐付出的时间我深感歉疚，抱着不想再浪费她时间的黑色心理，拒绝她对我的帮助，可是她又有什么错呢？

我疏远她，却不愿告诉她我内心的真正缘由。但我并没有放弃英语，只是放弃了她对我英语的辅导，似乎接受她的帮助就会加剧我努力后的徒劳而带来的深深的挫败感。我想如果没有努力，失败也会变得坦荡一些。

复读的日子，互相学习是交流的纽带，我不再花她的时间给我讲解题目，我们之间的交流也在无形之间变少了。我不在她面前学习英语了，我偷偷地在下面学。她看着我因为挫折而放弃英语，应该很失望。她看得出我的异常，劝说我接着学，说英语是一个积累的过程，不可一蹴而就的。这话暖在心底，可我就是摆着一副无所谓的样子，讨厌得不行。现在去想我那副表情下的心理，不得不承认那时的我太过自尊。

我身上长满了刺，不小心就刺伤了别人。可我嘴硬的就是没有说一句抱歉，哪怕是做个解释，也不至于将两人处于冷战的僵局。

在复读最后的一段时间，这件事就这么搁置了。哪怕最后只是在做垂死挣扎，也要挣扎几下，那时候的心境真的纯粹得只有迎面而来的第二次高考，我们该如何应对的问题。

高考过后，琴姐去了武汉大学，她走的那一天，我本想对过去做些解释，可一条短信思索了许久，也没有勇气按下发送键，因为信息那头的人是你困顿之时陪你走过的人，怕一不小心就加深了自己的罪恶。

就这样一句抱歉，一拖再拖，直到今天才用这种方式说出。

在时光面前我是犯了错的小孩，不管在时光这头我于琴姐来说意味着什么，但在时光的那头，琴姐却是我记忆里永远的定格。

那些青春的合伙人

2013年陈可辛导演的《中国合伙人》不知道大家看后，是什么感受，反正他让我想起了我青春的合伙人。

我们11个人并不那样熟悉，我们散落在不同班级，但都在高考前的一年选择走传媒之路，若不是有共同的理想，可能三年过后我们其中很多人都只是彼此的路人甲，我们走在一起得感谢那些年曾有过的共同的梦。

高考前的紧张备考；高考时的惶恐不安；高考后的低落迷茫。我们都一起走来。尽管结果残酷得让人觉得残忍，11个人11所理想的大学，但一个也没有被送往理想的象牙塔，我们都去了并不理想的环境，并在那里继续着自己的梦。没什么，谁的青春不遗憾呢?

艺考前的那些日子里，我们早早起床，做校园里勤劳的小蜜蜂，怕扰乱了还在梦乡里的校园，于是在一个僻静的角落里“hei”“ha”的练习发声，那样的清晨一直持续到艺考结束。对于那些把我们的声音作为闹钟声响的人来说，不知是否习惯?

每一个星期我们都要聚在一个工作室里，挤在一起看电影，自从学习传媒之后，看电影早已不再是一件很享受的事情了，我们的脑子里全都是镜头、景别、光线、蒙太奇……一有时间就在课底下背着可能一辈子都不会用上的一些知识，只为了增加通过考试的概率，最让人觉得气愤的是你摇头晃脑背了一堆，考试的时候一个也没有用上。

艺考时，看着巨大的学生人流，争抢着一两个合格证，那场景真的就像一场不流血的战争。我们一堆人住在一个陌生的城市里，住在一间屋子里，男生睡在客厅们做女生们的守护神，女生睡客房。白天忙着各个学校的考试，晚上我们就在不大的空间里打扑克。那些日子里我们穷得很快乐。

心仪的大学在三月纷纷宣告死亡，我们看似平静地接受着来得如此之快的结果，仅剩的信心残壳在一点点滑落，可胆战心惊的四月又给我们送来了几张有气没力的合格证。从小到大都没有做过第一的我居然在艺考中尝到做第一名的感觉，我拿了一个二本院校的湖北省第一，那次应该是我人生中最辉煌的一次吧。但这个学校也只是和我路过，他们如我一样都死在了文化分这道门槛里。

后来我选择再战一次，如果没有曾经那个虚无缥缈的第一，我想我也不会倔强的要从头再来，我抱着会越来越好的决心开始复读之路。而他们去了不同的城市，我在地图上将他们一一圈出，河北、江西、陕西……然后在心底默默地告诉自己明年此时我要去哪里哪里。

可我的倔强让我们在时间的跑道上错开了两年，最后我走上了一条与你们渐行渐远的道路。但我会一直记得，记得行走在前面的你们。

一

龙哥是我们一群人中的大男孩，不仅人长得帅，还有一副好嗓子，练得一手好字。他是高中时许多女生心中的男神。主持学校里的大小晚会，总会在舞台上收到一些花痴女孩的礼物，坐在下面观看节目的领导应该和龙哥一样尴尬吧！可那时却是我们的狂欢，我们在台下发出各种搞怪使坏的声音，让尴尬中多些戏谑，让戏谑使尴尬变得不再尴尬。

他有一首招牌歌《我只在乎你》，无论在学校的歌唱比赛还是班级晚会或者同学聚会你都会听到这首歌，渐渐地我们厌恶起这首歌来，要求他开唱之前必须告诉我们是什么歌，否则就不让接着唱，于是后来他开始给我们唱《朋友》，他用干净的嗓音唱出了我们所有人的心声，我觉得他唱的版本比电视上的谁都要唱得动听，可能是这声音里有我们的故事吧。

他虽受女生青睐，可他在高中却没有谈过一个女朋友，喜欢过一个女孩，保持过一段暧昧的关系，然后发现恋爱是学习的敌人，就果断放弃了。倒是那女孩很执着，生病准时送药，过生日准时送礼。我们都感动了，他却屹立不倒，做着不早恋的好学生。他在河北上大学上了一年，那女孩也在河北，但却没有告诉龙哥，龙哥知道后那时他们各自都有了归宿，龙哥找了一个和她长得很像的女孩子，我们都以为是他妹妹，携手了一年，龙哥觉得不合适就分手了。前些天，我在朋友圈里看到他说他和高中时的那个女孩在一起了，我简直都惊呆了，没想到转了几个弯最后还是她。龙哥说毕业后他去上海发展了，而她也在上海，而且都单身，终觉得缘分不可逆，在一起也就顺理成章了。

有些人不断寻找，不断遇见可能只是为了回到最初的位置吧。冥冥之中一切都有定数，我想是的。

二

我们 11 人中最幽默的是鬼子，他话不多，但每说的一句话都能让人发笑。他长着一双特别迷人的眼睛，笑起来眼睛成了个弯月亮，因此，我们喜欢模仿他笑的样子。高中时，他就把头发染成了黄色，耳朵上还带着一个耳钉，一副问题少年的模样，可却是一个十足的文艺男。说的都是搞笑的话，写出来的却是悲伤的文字。

艺考时，他认识了一个女孩子，我们都暗自窃喜，说鬼子有救了，不会再非主流，不会在空间里放纵悲伤了。可没想到，还来不及牵手他们就分手了，于是悲伤逆流成了河。

大学后，我们的第一次见面，他黄色的头发染成了红色，我们自然是无法忍受他那红得刺眼的头发，他说他妈知道后都不让他回家，要求他必须把头发染回正常人的颜色，说会吓坏老人家，听他说的时候，我们肚子都笑疼了，在他母亲的逼迫下，鬼子连夜把头发的颜色换成了浅黄色。

大学生活里，他大部分的时间都在拍电影，去不同的城市拍，我们都说鬼子忙得潇洒。每次问他现在是否有了对象，他说：我和对象分手了吗？你们搞错了吧！我们天天在恋爱着了。我们都知道他说的是什么，他把拍电影这件事当成了恋爱，甚至有着恋爱般的快乐。

我复读时，心里有太多的顾虑，他说你行的，那么聪明，不小心就能考个第一名，都晃瞎了我们的眼，明年接我们吃大餐哈，等着呢。他就有这种功能，能把一个严肃的问题说得如此轻松。我说“不信”，“我从不认真说话，但认真说的话都是真话。”

其实他颓废死了，但在关键时刻他总能给你满满的正能量。

三

学生年代，总会有一个人是一群人“欺负”的对象，而且被“欺负”的人却从不曾反抗。不知道是生活太过循规蹈矩，无味得需要找点乐子，还是曾经的“欺负”也是一种喜爱的表达。

069
有些人你不会忘

我想我们对波哥的“欺负”应该就是一种喜欢的表达吧!

波哥是那种和你吵不起架但也说不出心里话的人。活得极其洒脱，去哪里都只带一个小背包,所以那年艺考东奔西走的都是他在帮女生提行李，当然东西多了，他会抱怨说：女孩麻烦，去哪里都要带着家。但小声埋怨几声后，又被我们的眼神给摁下去了，接着老老实实地当我们的搬运工。而所有丢脸的事情也一定非波哥莫属，一次，我们一行人一起在武大看樱花，武汉的美女真的就如香山的红叶，随处可拾。我们说波哥你去和旁边的美女拍一张照吧，饱饱眼福，感受一下艳遇也不错呀！他当然不去，我们都知道他爱游戏远远胜过爱女人。于是只得玩游戏，用大冒险来使他屈服。可他聪明着了，就是不中我们的圈套，到头来，所有在脑子酝酿着要惩罚他的戏法全都在我们自己身上施行了，后来我们几个人联手，势单力薄的他终于败下阵来。我们要他用普通话去主动要求一个女孩子与他拍照，他扭扭捏捏了半天，说他这长相会吓坏女孩子，煞了这大好美景，我们自然是不听的。

波哥操着一口超烂的普通话，一开口就暴露方位。我至今都还记得他对那女孩子说的那蹩脚的普通话：美女，可以和你拍一张照么？这一句话像小学生背课文一样，是唱着说出来的，那女孩可能觉得他傻得有些可爱，就答应了他的要求。不知道波哥现在是否还留存着那张照片？

高考结束后,他无处和可去,却不带一点痛感。我们问他准备怎么办,“哪都可以活，怕啥？”还和我们开玩笑说，3 年后要开着宝马带我们去旅行。

我记得我告诉他我分手这件事时，我说我分手了。“你看过《北京爱情故事》吗？里面说得好呀！中华儿女千千万，实在不行你就换。”我隔着屏幕笑得一塌糊涂。

有时真的很羡慕他随遇而安的心境，不为仕途所累，不为爱情所困。

四

猪猪是典型的爱笑但背后写满故事的女孩。

学校的各种比赛她都积极参加，是一个活在舞台上的女孩子。自信是她的底色，过着很拼命的生活。我心疼每一个活得并不快乐但却依旧在笑女孩。

父母对她极其严格，猪猪是没有童年的。小时候的时光全交给了各种补习班，画画、钢琴、舞蹈她都学过，最后坚持下来的是舞蹈。她爵士、民族舞蹈都跳得有模有样。她的世界总是被要求着去证明自己，无伦多么不惧怕舞台的人，也会有精疲力竭想要消失在舞台的时候。

“爸爸妈妈只在乎我飞得高不高，却从不过问我飞得累不累。他们满脑子的就是要我飞呀飞……”她说这话时我脑子忽地闪过《三傻大闹宝莱坞》里的一句经典台词：一出生就有人告诉我们，生活是场赛跑，不跑快点就会惨遭蹂躏。于是，我们在害怕明天里忘了过好今天。自那一次起，我知道了她笑的背后都是故事。

她高中时迷恋过一个学画画的男孩，每天在画室的门外等他，他写生时她就在湖边陪他她，看他画画的样子。男孩英语不好，她把自己写的笔记给他，告诉他英语的重点在哪里，讲解他不明白的习题，每天早早起床陪伴他一起背单词。

有时候真不知道为了自己喜欢的人我们可以付出多少？可男孩并没有把她的付出视为爱情，心里一直装着其他的女孩子。可能青春就是很傻很纯很天真吧。

猪猪知道后，哭了一晚上。从不掉眼泪的人，突然哭了，总给人措手不及之感。

可哭过后，她仍旧生龙活虎地扬起了她那张不败的脸，那些天，我们真的希望她可以不笑着出现。

现在的她，仍在舞台上，做着推销产品的主持人，精致地活在屏幕中。

……

不管未来我们是否像从前一样亲密无间，但手牵手趟过的日子，定会存在我深深的脑海里。

我冒着侵犯他们隐私的危险，来写与他们有关的青春往事，愿他们看到这些文字不会气愤地把这书折了垫了桌角就好。

你现在在地图的哪一端?

生命中总有人出出进进，有些人突然走进又走散，可总有些人你还是会时常想起，甚至带着阵阵的隐痛。

前不久一次同学聚会，回来后我问母亲："你还记得雅丽吗?"

"记得，那么善良朴实的一个姑娘，你见到她了?"

我摇头，想念像蜘蛛织的网，将我严实地包裹着。

"不知道这孩子现在过得怎样?"母亲一声叹息。

我也想知道，想知道现在的她是不是活得依旧艰难?是不是仍是一个人在走江湖?

一

初中我转学到了城里，初一的日子真的很孤独，没有多少人愿意搭理我这个看上去又凶又土的转学生，总之，那些日子，过得特没劲。最不喜欢的事情就是下课十分钟，那是我无处安放的十分钟，男女生全都一堆一堆地围在一起疯闹，唯独我孤零零地死守着自己的疆域，与这个喧闹的教室显得格格不入。

后来我扫视教室，才知道，孤独的不只有我还有雅丽，可能也是从那一次开始我对她有着莫名的亲近感。她学习成绩优秀，很努力的样子，每次骑着自行车去学校，在路上的时候我总是遇见她，我们有一段共同的街道要穿过，悠长悠长的。

有一次，我在路上喊她，她听到后下了车，然后推着车与我一同步行。于是每天我们就约着一起走，渐渐地我们在路上也会说一些不会轻易与人说的话，她说她经常遭到同学的嘲笑，因为 1 米 4 的个子和有些胖的体型，所以她一直没有朋友。自从认识她后，我再也不担心下课十分钟了。

路上每次都是她骑车载着我，她的车是一款老式的破旧的跑车，她说是她哥哥骑旧后不要的，坐在后面的我战战兢兢，一是车子那么高，而且不知道车子能不能承载我们俩的重量。她看得出我的担忧，总说没事的，我那么强壮，车技好着呢，你放心坐着吧。

我就坐在这辆车上，坐了初中最后的两年，最后我们都四肢健全，好好地存活在这个世界上。

我是她初中唯一的朋友，甚至到后来也是。

我经常把她带到我家玩，母亲很喜欢她，说她是一个懂事又善良的女孩子，我也是这么认为的。一段时间若没有把她带回家玩玩，母亲定会问我:“是不是和雅丽吵架了？”这也是雅丽喜欢来我家玩的缘由吧！

我去过她家，家的周边不见宽敞的马路，却瞧见了向不同方向延伸的泥巴地，尽管她住的房屋不是砖瓦红墙，两层楼的屋子镀上白色的石灰，可粗糙得像是随意涂抹，仍能透过白色的墙面看到那斑驳的红色印记。雅丽一家人住在楼下，房东住在楼上。屋子的后面花草在肆意疯长，从花坛里溢出，找不到一个花型，看得出房东无心看护。父亲、后妈、哥哥和她就挤在一间不到50平米的房子里，她的床用一块布与哥哥父亲的床隔开，楼下的光线暗淡，就算白天也不见多少阳光的倾斜。我去的时候，雅丽拧亮了灯，我看见了雅丽的父亲睡在床上，打了声招呼，看得出雅丽与她父亲并没有多少言语，匆匆待了一会后就去我家了。

雅丽兄弟姐妹三人，哥哥在念大学，姐姐初中没读完就去做衣服了，家里挣的钱都给了哥哥读书。

我们生活的年代，重男轻女的思想仍顽强地存活在一些人心底，女孩的生存状态总是被人关注但依旧堪忧。雅丽的父亲从不过问她，给雅丽说得最多的是读完初中跟着姐姐去做衣服。吃饭做事成了这个家庭的头等大事。后妈虽不像童话故事中里描述的那样处处刁难和蹂躏她，但也没有爱。总之，雅丽在这个家里很少被人记起。

她额头上有一道长2厘米的伤疤，伤疤旁边还有一些小的伤痕，被刘海遮住我一直都没有发现，是她在我家休息时我母亲发现的。我问过她，才知道，那凹凸不平的额头，全都是儿时留下的伤痕，横七竖八地躺在那里，倔强的不肯在时光的打磨下释怀。

小时候，没有人照顾她，不小心摔倒了也只能躺在地上，哭着等待父亲回来扶起她，额头上的伤疤就是这样一点点的积累起来的。那该是一个多么没有爱的童年，母亲听说后，唏嘘不已，心疼她是怎样在这个没有爱的环境里活过来的?

二

初中毕业后，她考上了我们县最好的高中，但仍是没能逃掉被父亲安排着去打工的命运。那些天，雅丽一直在我家，我们安慰她，帮她想法子劝说她父亲，但雅丽自己却放弃了，“尽管爸他一点也不关心我，但为了这个家他真的很不容易”。我和母亲都为雅丽感到惋惜。

高中时，总会接到她从广州打来的电话，我们聊彼此的生活，她告诉我她要用这三年的时间攒钱给她爸，三年后，她不想待在工厂了，想去学一些知识，去更大更远的地方，为自己活。我总认为，努力生活的人，未来一定不会太差，我相信她。所以在电话里听到她说她的未来，我满心欢喜。

我的青春在学校里盛开，而雅丽把青春交给了一针一线的缝纫事业，渐渐地我们的谈话中少了些共同的元素，我们终将没法真切地懂得彼此的生活，没有太多交集的生活应该是友情最大的敌人吧。

我复读的日子里，基本上是与外界隔绝的，但偶尔会与她联系，就这么一晃，雅丽远离学堂都四年了。这四年里，她自学了会计，报过英语班，去过许多家公司面试，但一一遭拒，这个颜值当道的社会对无颜值的人充满了深深的敌意。所以在第四年的时候，她仍待在工厂里。我常常在想，如果雅丽在中考结束后，与现实抗争一下，结局会不会不一样？他现在应该在更好的大学里做着让人羡慕的学霸。

我们最后一通电话她告诉我，她在香港，具体做什么我没敢问，听她的语言有对未来生活的憧憬！后来我手机被偷，我没了她的联系方式，无从联系上她，再也打不通我电话的她那时心底该是怎样的滋味？

2013 年，我记住了一个小偷，他偷走了一段属于我的友情。

接着我家又搬家，我彻底地消失了。

2014 年，年初，我去过她家住的地方，那个地段正在房屋拆迁，尽管那个两层楼的房子还在，但一楼空荡荡的。我想要不了多久，这间房子也会成为砖瓦碎石。我向房东打听有关雅丽的一切，房东自然想不起，说雅丽很少与人交流。我仔细地向房东奶奶描述雅丽的一家人，老人隐约想起了些，说雅丽一家人都搬走两三年了，两个姑娘帮他挣钱，在别的地方买了房子，具体在哪里老人已经不记得了。我说那雅丽呢？老人被我这个陌生人问得没有多少耐心了，说了一句话：不就是在赚钱嘛。就打发我离开了。

这种失去有一种似曾相识之感，但熟悉却并不能减少失去所带来的难过，它仍以不设防的姿态击中要害。

被雨打湿的青春

总有些时间，你会厌倦原本的生活

一

我小时候生活的乡村里，有两个叫“君”的女孩子，一个是梦君；一个是我；我们俩没少受邻居们的比较，很长的一段时间，我们都没能逃掉被人指手画脚的命运。

梦君是我小时候的邻居，她乖巧温顺。他们家姐妹三人，梦君最大，每当父母在农田忙的时候，她就是家里的“掌勺人”，还承担着照顾弟弟妹妹的重任。她的家离我爷爷家隔着几户人家，从爷爷的院子里我能看见她家的厨屋，一个没有门的厨房，每次看着她踮着脚尖背对灶台的身影，我都有一种很奇妙的感觉，不知是同情还是我不用做饭的优越感。因此村子里的人都很喜欢她。而我呢？调皮捣蛋嘴巴还厉害，邻居都要防我三分，我自然是不讨邻居喜欢的，除了爷爷一如以往的疼爱外。

小时候，浑然没有不被大家喜欢的难过，也没有试图去千方百计地讨人欢喜。总之，那个时候就算让很多人不快乐但我的快乐依旧不增不减。

当然我耳边总有人说：你要向梦君学习学习，她多乖，女孩子要有女孩子的样子。诸如此类的话在一段时间频率极其高，我自然是讨厌极了这被人指手画脚的生活，但我对梦君却没有一丝丝的恶意。后来这样的比较就消失了，可能是邻居们终将发现他们的话一点也没有奏效，我还是那个让他们不喜欢的我，索性就不再比较了。

梦君比我大三岁，理应我喊她姐姐，但是不知道为什么我就是喊不出来，于是一直梦君梦君地喊到了现在。她好像也并不在乎这些。我与她的妹妹是同学，有时我会去她家玩，但都是约她家妹妹，她家没有小孩玩的东西，屋子简陋，全都是孩子的衣物也没有电视。可梦君的母亲也是不喜欢我的那些邻居中的一位，我和梦君的妹妹也就没了多少往来。反倒是和梦君成了朋友，可能懂事的她觉得我并不像邻居说的那样坏吧！她待我如妹妹一样，可我从没有喊她一声姐姐。

后来我去了城里，我初中毕业后，回了趟老家，爷爷说，梦君高中毕业后考上了三本但因为家里负担重，弟弟妹妹一个初中一个高中，一个农民家庭实在是无能力支付，她的父母也很为难，但梦君自己放弃了读书的机会，一个人到城里打拼了。听到这里的时候心里酸酸的，觉得她承受了太多。后来找她爸妈要了她的联系方式。

在城里，我去找过她，她在一家酒店里工作，勤勤恳恳很受老板的赏识。她告诉我，弟弟不是很听话，不怎么喜欢读书，妹妹如今也比较叛逆，爸妈一直忙于生活，也无暇顾及他们，弟不听话爸就打。她的脸上虽多了生活的沧桑，但并不阻挡她美丽的容貌，身材娇小的她内心却有着惊人的能量，这是我那次去看她后心里的感受。

现在想来，觉得他们姐妹三人像极了电影《孔雀》里的三姐妹，所以在写这一部分的时候我再次重温了这部电影。他们都是缺失的，或缺失爱、或缺失梦。贫穷和责任压抑着梦君乖巧的童年，不被爱的弟弟妹妹在青春里日渐叛逆。

总有人说电影是两个小时的谎言，也有人说电影是造梦的工厂，我更愿意相信电影是无限趋近于现实的渐进线，我们总能从中找到些生活的原型，然后迎着阳光，去看你生活的枝枝蔓蔓。

二

高一寒假时，梦君告诉我她恋爱了，过年前结婚。家里人很反对，她觉得很难过。我只是觉得一切都太快了，快得让我觉得有些草率。我劝她多些时间考虑，毕竟真的太年轻。梦君的男朋友也是酒店工作的，但比梦君大8岁，男朋友家里催婚催得急，梦君怕失去了他，就应了他家人的要求。梦君爸妈反对倒不是因为这件事来得太急而是男孩家里没车没房，但梦君好像并不在乎，觉得物质是可以慢慢奋斗的，只要俩人的感情好，最主要的是梦君爱他。7年前不在乎你是否有车有房却愿意与你携手的人应该并不少，不知道如今这样的人还剩多少?

梦君结婚的那天，我去老家参加了她的婚礼。桌子上的宾客稀稀疏疏，她父母脸上没有任何笑意，对待前来的客人仪式性的说些客气的话："大家玩得开心，要吃好喝好。"然后各自忙去了。11点钟的时候，我们看到了迎亲队伍和新郎汤志，新郎高大挺拔，看上去还算帅气。乡下有个习俗，女儿出嫁母亲要哭，说是这样女儿在婆家才会幸福。我一直觉得这两者之间没有半毛钱的关系，但图吉利，大家都遵照。哭过后，两辆车就把梦君带走了。从得知消息到看着梦君上轿车总感觉这场婚姻像是小孩子玩过家家酒一般，可它却没有过家家酒的轻松，反而让人觉得压抑，一点也没有结婚的喜庆，都像是仪式性地将这个流程走完。从那一次开始我第一次明白“婚姻”并不是一个轻松的话题。不知道梦君那天是否嗅到了幸福的味道?

一直很想知道，不被太多人看好的爱情最后是否快乐?

结婚后，两人的劲都往一处使，就是能在城里买一套房子，日子清贫，但相互扶持，生活也多了些趣味。那几年电视剧《蜗居》正热播，关于“蚁族”、“房奴”的话题甚嚣尘上，好多中国人活得并不轻松，我想 20 岁出头的梦君也一样，一定游走在城市的边缘，铆足劲也想拥有一套城市的房子，从而真正地融入这座城。

结婚一年后，他们有了小孩，忙着孩子占据了买房的梦，日子也越发拮据，过着精打细算的生活。一次回家，我碰见梦君，她抱着孩子，我们说了会话，她说，丈夫下班会帮她做做家务，倒还是很体贴，但最近的一年他们总是因为钱而争吵，然后让我好好读书，晚点结婚。我觉得那个话题真的还太过遥远，总是绕开，而选择去问候她。

后来忙于高考，我们也就少了联系。一转眼梦君的孩子都已经四岁了，我们再次见面时，她告诉我说想要从这段爱情里抽身离开，觉得太无望了，不知道还要多久才能攒足钱买一个房子，头上没有一顶瓦的爱情压力真的太大了。

原来梦君在最近认识了一个男士东子，是做生意的，有房有车家境殷实，有一个孩子但和老婆离了婚，对梦君有好感并发出了进攻。有多少人能抵挡住糖衣炮弹的袭击呢?何况是一直处在贫困线上的梦君。我问她孩子怎么办?但一直没有问是否爱现在的那个他。

“如果可以，我当然想带着他，但是汤志估计不会同意的，只能经常回来看看他。”她说她不想过这种看不到希望的生活，总是因为钱吵来吵去的，现在最放不下的是孩子。

我想我是明白的，她想换一种活法了，可有了家庭之后，换一种活法又谈何容易。

曾经不顾一切人的反对，不在乎爱情是否有面包的人如今也臣服于物质世界，疯狂地想要逃离曾经所选择的活法。原来琐碎能葬送爱情，贫穷也足以摧毁婚姻。

五年前，我还太稚嫩，但我却有大肆表达我“反对”的勇气，尽管声音很微弱，根本不足以让人为惧。五年后，我不再娇嫩，看着你吵着要离开他，离开你曾经义无反顾奔赴的爱情，我却在反对与支持里模糊，不敢发声。我不知道是我成长了，知道不再用自己的思想去左右她人追求幸福的权利，还是我变软弱了，软弱到在是非曲直面前只会沉默或者妥协。

梦君说我口齿伶俐，读的书多又会说话，做一次把关人，我在拒绝与接受里挣扎，只觉得一切变换太快，时间颠覆了我曾经认为永恒的东西。但我知道反对与支持的背后都是故事，可能最后的最后我都不会道一句“支持”或者“反对”。但我想告诉梦君的是：你内心的幸福远比任何人的支持或者反对重要。

这个世界太自由，比如“你”可以寻找新欢，“我”也可以另觅旧爱，好想没有谁对谁错，也没有人给你贴上一个标签“你是错的”“他是对的”。在这个对与错逐渐模糊的世界里，所有你认为对的在他人心里未必没有错的裹挟，而你认为错的也能转几个弯找到些对的意味。而我们唯一能做的，就是做我们认为对的而且不失自由的事。

三

梦君的父母都是传统之人，从一而终的思想早已根深蒂固，说什么也不让梦君离婚，批评指责过后就是连番轰炸，我想现在的东子，在梦君心里无论怎么样都披着荣光。可是为了一个陌生的男人突然就放弃自己的丈夫，多少有些违背伦理道德，而这道德似枷锁。一天，梦君发来消息说：现在无论怎么做好像都是错的，我在泥泞地里，怎么走身上都有泥。我看着和我同龄的女孩，不管怎样都有一个藏身之所，我们的起点太低了，就算跑都追不上。我这样选择有错么?

“愿你慎重！”我的回复仍是模糊。

那些日子，梦君一定过得非常糟糕。我去找过她，在选择的纠葛里，她显得疲惫不堪。梦君说汤志不想让她离婚，但现在他们之间早已没了从前的亲密。我去的时候，汤志一句话也没有说，梦君也不搭理他，像是在冷战，父母与梦君的关系也变得紧张。尽管那时的梦君有了下家，但好像也并不快乐。

我问她怎么打算的，这样僵持着也不是解决问题的办法。

“等过了年，就离婚，只是放不下孩子。”

在路上，我一直在想，相爱如此不易，能走到最后的又该是何等幸福?相聚又离开反而成了生活的常态。我们都得在无所谓永恒的世界里学着习惯，学着接受生命中不断进进出出的人。那时我正失恋，不禁有些触景伤情。

那年冬天，很多人跟我说《来自星星的你》很好看，你看看吧，说里面演绎的爱情能让现实生活中的人们释怀许多。很少看电视剧，觉得看电视剧是一件极为奢侈的事。挑灯夜战，21 集的连续剧在我的“奋斗”中落幕了。真心觉得不错，无论是剧本设置，拍摄技巧，还是台词的锤炼都是可圈可点的。看完后，我终于有不得不写点什么的冲动，结局不好不坏，可却留在心底的却是那样沉重，我不知道悲从何处来，可能是剧情太过绚烂，而现实世界却满目疮痍的缘由吧。

无论是来自于星星的你还是来自地球上的我，都只是这个宇宙里最普通的存在。拥有长生不老、奇异能力的都敏俊也会在爱情面前挣扎，我和梦君的那点事真的是大千世界无数事件中极为普通的一件事，因此在面对梦君的变化时也多了些平静。

后来梦君的父亲因脑溢血突然去世，磨难会将一个松散的民族团结起来，也足以让一个冷漠的家庭紧紧地系在一起。我想那时陪伴在梦君身边、给她温暖的一定是汤志而不是东子。只有经历过庞大的悲伤才会懂得那个陪你度过悲伤的人会是多么的不可取代。

这件事发生后的一个月，梦君和东子没了联系，但还是决定和汤志离婚。我以前以为梦君离婚是因为有了东子，为了物质，可现在没了东子，为什么还要坚持离婚？我问过梦君。因为她觉得她对不起汤志，离开他会让她心里没有那么多的愧疚。

这样的离开应该没有挣扎，因为它也是一种爱。

前些时间，我看梦君的空间，个性签名上写着：兜兜转转，最终回到了原点。

原来单身一年后的梦君，最终还是回到了汤志的怀抱，过着从前的生活。

总有些时间我们突然就厌倦了原本的生活，想一头跌进新的生活里，再也不理会过去。可是抵抗过后，我们还是能安安静静地活在过去的生活里。而那些日子里我们的反抗，应该是生活里最勇敢的尝试。

她不值得拥有你最好的时光

在写这本书之前的一个月，我与这个世界是失联的。人总是需要些时间去想明天，只是那一次花的时间有点长。那一个月，我一直在思索哪些人会出现在我的文字里，而我与他们的故事是否还可以想起？

昨天华仔发来消息，已是凌晨，我在疲惫中睡去了。

“君伢伢，好久没有看到你发的文字了，QQ、微信、报纸都没有看到，最近好吗？”还附带着一些图片。看着不是什么急事，是问候这类的话我就接着做自己的事了。没想到图片一张一张地发过来，点击一看，是在泰国普吉岛旅游的照片，天空与海洋连成一线，蓝得没有区分度，华仔揽着一个女生站在沙滩上，看海水拍打沙滩。这场景有点像九把刀在《那些年我们一起追过的女孩》中说的那样：一场名为青春的潮水淹没了我们，浪退时，浑身湿透的我们一起坐在沙滩上，看着我们最喜爱的女孩子用力挥舞双手，幸福踏向人生的另一端。

以前读这句话时觉得有些难过，但是华仔却给了我一个新的诠释。而真正吸引我的不是泰国的风景，倒是在华仔身边的女孩，吸引了我的注意，我想应该是女朋友，心里暗自替他高兴。

“还不错！至于为什么没有露面，在总结中，微信见。”回复姗姗来迟，答案还含糊不清。长时间没有打照面，只有两个缘由，不是文字太多，我没法诠释得清，就是我在家的温床里暂时堕落。我想应该是第一种，愿第二种情况永远甘拜下风。

一

华仔是我们高中叱咤风云的人物，出了名的讲义气。个子并不高大的他，不是不良青年也不是成绩永居榜首的高才生，第一眼你会觉得他是一个文艺青年，但他并没有一颗文艺的心。他穿着很正式，皮鞋锃亮锃亮的，西服领带很考究，戴着一副眼镜，一眼看上去，在高中那个年龄，你并不会觉得这样的打扮有些哗众取宠，因为他的西服领带都透着青春的气息，一点也不显呆板。我们都说他是把西服领带搭配得游刃有余之人。用现在很流行的一句话说，他是高冷，但却是个暖男；他不帅，但很有个性。

我和他都是校园广播台的，我做娱乐资讯，他做生活栏目，可见他的暖了吧。我们在一起玩得要好的有 8 个人，8 个人都是不同班级的，怎么认识的我忘了，但成为铁一般的朋友是因为华仔地带动。也是在华仔地号召下，高三的九月份，我过了 18 年来最张扬的一个生日。

其实越长大，在我心里生日已不再是一件让自己欣喜的事了，反而有些胆战心惊，似乎总透着一种莫名的惶恐，时间在一旁冷笑：“你看，你又大一岁了”；也可能是不想让那些不知道我生日的人看到消息后，道上一句尴尬的“生日快乐”。所以总试图让它过得普通得不为人知，好似这样就可以挽住时间的衣袖，与它协商，我们一起跑，甚至可以骗自己，时间一直不曾流失，而我却走在时间的前面，得瑟地傲视它：“是我把你甩在了时光的背后”，在时间的赛场上，我赢了。

可是总有些人，会准确无误的记住你的生日，给你大大的祝福。那天，凌晨过后，祝福陆续不断，早上除了收到了几个好朋友的礼物之外，好像都还很平静，我也尽量小心翼翼地藏起感动。下午放学后，校园广播响起，我站在走道的栏杆旁，听广播里的音乐，张杰《年轻的战场》在耳旁唱得响亮，突然音乐渐小，一个熟悉的声音出现在校园里：“今天，我想送一个祝福给我的好朋友君吖吖”听到这的时候，我就开始紧张，一个生日不需要告诉全校人吧！会不会太张扬，我心里嘀咕着。

果真还是说了，并且还要我到校园的操场上领惊喜。我自然不好意思去，但他们既然做了就没想过让我逃掉，我被押着去了操场。18个人站立在那围成一个数字18，蛋糕安静地躺在草地上，看到如此隆重的场景，我真的矫情地哭了。那天为我唱的生日歌在记忆里真是最嘹亮的，蛋糕吃了几口，都被抹在了脸上，最后个个都成了奶油人。

18年来，我第一次受如此宠爱。也是从那天开始真正相信存在不是男朋友的朋友，男女之间是真的有纯洁的友谊。

二

后来我们战队八人陆续有人恋爱，其中也有我，只是华仔还单身一人。高三下学期，高中时光就开始兵荒马乱了，华仔居然在那时恋爱了，女朋友是我隔壁班的，是我很不喜欢的那种，同学们都喊她翠花，也不知道这名字的来由，只觉得土死了。而且她在学校里的谣言很多，什么花心、物质、娇气……如果不是华仔，我想我与她不会有半点交集，我也懒得和她说半句话。

我们始终不明白为什么华仔会和她在一起，而且华仔对她体贴有加，真是无微不至，我们有时会调侃华仔说他像翠花他爸。翠花来个姨妈，华仔像照顾生病的孩子一样，一手握着暖手袋，一手端着加了糖的水杯穿过我的教室，然后递给翠花，翠花心情好还会对着华仔说些娇声娇气的话，心情不好当着同学的面就使脸色，华仔在他面前像一只没有脾气的小绵羊。每次翠花生气，我们就笑话华仔，“你们家翠花不会又来姨妈了吧！看样子得治。”笑过后华仔也从不生我们的气，不过我们中的蛋蛋性格直爽，是一个挺爷们的女汉子，看不过去，好几次都当着翠花的面说：“来个姨妈难道要仔仔拿着广播告诉所有的人，你来姨妈了这个事吗？不要以为只有你来姨妈，仔仔不是你爸。”有一次把翠花搞哭了，华仔当然狠狠地指责了蛋蛋，我们担心战队会因为翠花失去了蛋蛋，于是更加讨厌翠花。但是幸运的是，蛋蛋还在，我想这就是华仔的人格魅力吧。

在我们心里翠花是那些年男生一定不会追的女孩，可却被华仔放在手心里疼爱。你不可一世，也有人对你不屑一顾；你遭众人唾弃，也有人视你如生命。

高中时代三分之二的时间，不知不觉间挥霍了，剩下的三分之一里我终于不知所措了。时间都去哪儿了？这是我关于时间的第一次发问。如今想起那些日子，我就犹如即将战死沙场的战士，选择义无返顾地覆灭。我仍旧花着大把大把的时间去写些看不清未来的文字，在文字的世界里自我放逐，丝毫不曾畏惧高考的来临。

属于高三的日子在我的迷糊中一点点地被抽空。直到高考的倒计时牌不期而至，100 天如此安静地悬挂在了墙上。我开始慌了，重新审视那一度被人认为改变人们命运的高考。时间在与我寂静对峙，父母的期盼也在此刻闪烁耳旁，老师时刻提醒你高考是改变人们命运的筹码。如今现实已经不再给予我闪躲的权利，可我却没有力气抗争。铺天盖地的试卷为高中的最后平添了从未有过的凝重感。

每一个经历过高考的人都是了不起的，为了庆祝我们结束那了不起的岁月，我们决定出去嗨一把，目标锁定在泰山。

三

我、华仔、翠花、蛋蛋……六人坐上了第二天的火车。这一次，更近距离地看到了华仔与翠花的相处，真的觉得华仔是这世上绝世好男人。我们在车上闹腾到晚上，蒙头就睡，只有华仔坐在床铺上，翻看手机，我们就不理解了，一大群人难不成有人抢劫，叫华仔休息，华仔说了一句令我们女生异常感动的话：晚上车厢里比较黑，女生们下床不方便，我在也可以照应一下。有这样的朋友旅行还怕什么？我们一会就睡死过去了。

从泰山山脚出发，没行走一会，翠花就开始喊累了，我们不得不停在途中休息，停停顿顿地花了些时间，因为我们出发比较晚，还想着下山，华仔也只能背她，翠花一点也不苗条，有点壮壮的感觉，我们心疼华仔，只能默默地骂翠花，“一头猪怎么能爬泰山呢？”“是的，猪爬不动，当然要背咯！”说了翠花后，我们心里舒坦一些。有时候，不知道翠花听到了没，但一次也没有与我们理论，不知道忽略掉我们所有的批评还能若无其事地和我们说说话是不是翠花的一种美德？

越是向前，寒冷就一点点临近，我们在山上买了军大衣，华仔没有穿，怕穿了无法背那头猪。我喜欢爬山，但爬到泰山山顶的时候，真的没了说话的力气，说好了要站在山顶嘶喊的，说好了要站在泰山之巅一览众山小的，最后却趴在帐篷里听游客们在那里嚎叫，只得在那里养精蓄锐等待着明日的日出。我、蛋蛋、翠花在帐篷里很早就躺下了，过了一会，精气神最好的翠花突然灵机一动，给在我们旁边露营的华仔打电话，这事让蛋蛋看不惯，“这么近出去说一声会死呀！”但终将还是忍住了。“我想吃荔枝……”翠花在电话里说。“这是在泰山山顶，大小姐，你还真把自己当杨贵妃，华仔不是他妈的孙悟空，能够七十二变。”蛋蛋看不下去脱口而出，这个时候我只能当个和事佬，但我真想看看翠花会有怎样的反应，她居然可以完全无视蛋蛋的出言不逊，这真是一种境界。

华仔当然二话没说就去附近找水果摊，有时候觉得翠花这女的是华仔的生死劫。去了许多地，没买来荔枝但带回了一些小玩偶，看上去挺可爱的，华仔觉得愧疚，对着翠花又是抱抱又是赔罪，看着真让我们着急。可能是被蛋蛋狠狠地训了一顿，翠花看上去温顺许多，她突然变得老实巴交的样子又让我们觉得很可怜。

清晨的泰山山顶，烟雾缭绕，犹如仙境一般，静坐了很久，太阳依旧半遮含羞，一道道霞光像是触手可及，可又遥不可及。总有人说，来泰山若不看日出就是遗憾。我们都固执地想看看，可我看完后，又觉得失落，不知道是不是因为身边没有一个他的原因?

回来后，在高考的洗礼下我们各安天命。

暑假的时候，听蛋蛋说华仔和翠花分手了，我们没有一点悲伤，觉得离开翠花就是躲过了生死劫，高兴着呢。

高四开课的前一天，我们八人再次聚在一起，谈起了翠花，华仔的脸上瞬间布上了一层阴云。其实我们都只是旁观者，我们不喜欢翠花觉得没了她我们会更快乐，可是没了翠花的华仔却呼吸困难。所以华仔分手地痛我们并不是那样真切地感同身受。

在填报高考志愿的时候，华仔选择了和翠花一个城市——厦门，可是翠花并没有坚守他们的约定，她去了一个离华仔很远的城市。华仔和翠花相处也有大半年，我们竟一点也不了解翠花究竟是个怎样的人，谣言凌驾了我们的判断，她是否是被谣言覆盖的天使？又或者本人比谣言更不堪呢？她们分手与我们有关么？我至今都不知道，华仔也从不与我们说他们分手的缘由。

华仔和翠花分手不到一个月，再次遇见时，翠花挽着一个男孩的手，那男孩好像在哪里见过，但就是想不起。我惊异她以如此之快的速度投入新的怀抱；我气愤，因为翠花亵渎了华仔的真情。难道分手这件事都可以没有一点痛感么？华仔对翠花的陪伴和宠爱又算什么？

在大一整整一年里，他无数次地问自己，他来厦门的意义。正如他说的，他像孤魂野鬼一样委曲求全地生活在这个城市。我们想告诉他，翠花不值得他难过，更不值得留恋，但又该怎样说，说她有了新的男朋友了，说她那种种的谣言么？会不会对他来说是更大的伤害。

那时蛋蛋改编了一句《新闺蜜时代》中的台词来安慰华仔：你现在觉得没有翠花你会死，但是总有一天，当翠花告诉你她快死了，你一定也活得好好的。

前些天他从泰国发来照片告诉了我们，他一切安好。是的，离开翠花是死不了人的。

那些年，偏执的爱

一

“我爸妈好像不太同意我们，我真的没有信心，对不起。”熙熙的手机突然震动，这声音在安静的自习室里显得那样的格格不入，她小心翼翼地打开手机，消息来自 LG。

“那你愿意坚持么？我只在乎你的态度。”熙熙打了一排文字，立刻按了发送键。

发送过后，喧腾的手机顿时安静了。最后留给熙熙的是无尽的等待，时间急促的声音好像在此刻凝固了、冻结了。一种莫名的惆怅、失落呈排山倒海之势向熙熙袭来，压抑得她难受。但她依旧表情镇定地坐在我身旁，如此高傲的她又怎会轻易流露自己的软弱。

“不了。”这两个字似乎足以葬送一切感情。

“我尊重你。”熙熙像瘫软的木偶，失去了抗争的力气，手颤抖地按了发送键。

“嗯。”他用一个字给予了回复。这一个字就像一把利剑在穿刺熙熙的每一寸肌肤，如此干脆利落地结束了这两年里自己用心呵护的爱情。

一股潮湿的液体在她眼角漫溯，又被自己生硬地咽了下去。那一刻她的软弱只被我瞧见。但又立刻收起自己狼狈的模样，装作一副若无其事的样子，握起笔，在本子上细心地写着什么，像是在补遗漏的笔记。

熙熙是我高中三年的同桌，就连后来复读以及大学我们也是在同一所学校，我们一起分享过无数的秘密，唯独她失恋这件事她不曾向我袒露。在高中的末尾，熙熙选择了走艺术的道路，她和LG就是在一个传媒机构里认识的。那时的熙熙在高三那“三点一线”的生活里乖乖地生活着，姣好的容貌，甜美的表情，但骨子里却是一个高傲的女孩，因此吸引了一群男生追随，但都不属于爱情。在高中那令人窒息的生活空间里，她的生活仍是向心向阳光的。她似乎从不曾想过会有一个人闯进她平静的世界，然后颠覆她的生活。

可是在一个阳光午后，熙熙的生活就再也无法复归于平静了。男生追女生的方式有很多，LG用了最俗套的一种，写纸条，但却又不是情书，他没有情书的华美词句和含情脉脉，“熙熙小朋友，喜欢你笑的样子。”熙熙看完后，把他当成了无聊男生的自言自语，扔进了垃圾桶。纸条事件后，时光在平静中流淌，并没有嗅到什么异样的味道。只知道，在集训过后，我与熙熙相见时，他们手牵手正穿过校园的林荫草地。LG会在寒风中等候她，只为将冰冷的手放进自己的口袋；他会牵着她过马路，怕她乱撞；他会亲切地喊她喜宝宝。总之，那些日子甜腻地幸福着。

不期而至的高考席卷而来。是的，六月过后，许多人就远走高飞了。LG去了南京，而熙熙留在了原地，选择了再战一次。其实，她自己也不知道，自己复读的真正原因，是为了自己的梦想还是为了他。复读的日子，虽苦闷，但有 LG 的陪伴，熙熙的生活也多了几分可爱，每到放长假，LG 会飞来看望熙熙，每天一条短信联接彼此，时不时熙熙会收到 LG 寄来的包裹，他们就这样将异地恋演绎得温馨而浪漫。

两年多的陪伴，快乐的日子那么多……

他们越过了高考的泥泞，可却在看似平坦的大学里分道扬镳。

两年多的感情，怎是说忘就忘的。人生的第一次，永远都是那样的让人难以忘怀。我会一直记得我第一次丢掉的那本父亲送我的童话书；会一直记得马马虎虎的我丢掉了自己最心爱的雨伞；会记得自己第一次爱过的人……尽管在未来的日子里，丢过的书和伞有无数次，但我能想起的和最怀念的永远是我掉的第一本书和我丢的第一把伞。

二

分手后的几天，熙熙是平静的，可她的不甘心在疯长，如此骄傲的她又怎会忍受爱情的失败呢？她想挽留，想争取。年轻的时候，很多事情就算无能为力也要义无反顾。

“你回来好吗？我们共同面对。”说出这句话到底要鼓多大的勇气。

“你好好生活，我过几天就要出国了，对不起。”

“为什么？为什么？走得这样理所当然！”对不起拼凑的世界，使熙熙压抑许久的眼泪终于无法遏制地倾泻而出，似乎就要将身体里所有的水分以眼泪的形式流淌干净。如果没有狠狠地爱过，我想也不会有深深地痛。

那些以为永远都不会变的东西，在瓦解、沉沦、消逝，并以惊人的速度退出自己的世界。

那段日子里，熙熙面对的就像一个看不到表情的动物，任由她在那诉说着自己的喜怒哀乐，他始终只是面无表情地回应。

她不明白，为什么离开对他来说竟会如此轻松，而她却做不到。黑夜像恶魔，会让人暴露软弱，熙熙在夜里一遍一遍地拨打他的电话，只想听听他的声音，听到的却是“你拨打的电话正在通话中”，发过去的QQ信息迟迟也没有回复。

恋爱的往事，就像一张不及格的成绩单，刺眼的字迹，宣告她淘汰出局。

白天看到她时，她仍傻傻地对我笑，但我知道她黑夜里一定有无数的挣扎，我想揭穿她的逞强，但又不知道该如何安慰她。我想有些路真的得一个人走。

我看着她做了一场舍不得醒来的梦，只是醒来后的熙熙，总会有阵阵的隐痛和灼烧感。这强大的落差感就像你每天上好了发条的闹钟，准时地到来。扰乱你原本筑起的平静世界。然后呢，然后你怎么也没法快乐。你讨厌有一个人将生活的现实剥开给你看，看人性最不堪的边边角角，比如势利、自私、冷漠……穷尽所有的阴暗词汇。但是她倔强地不愿承认那些原本就是真实的存在。

她暗自安慰自己，说服自己。“或许未来的某一天里，我也会被城市的光染得五颜六色，也会用现实的眼光去审视一个试图要走进我世界的男孩，或许有一天，我也不再会对大人世界的虚伪感到愤怒和幻灭，我也做着我曾经最不屑一顾的人。他的父母并不是特例。”

年轻时的爱情往往都是快进式的，可一旦搭上现实的列车，没有不背离初衷的，都会以各种方式戛然而止。

三

很多人说从失恋里走出的最好方式就是投入新的爱情。熙熙没有选择新的恋爱，而是把自己投入到了学习和工作中。她是学校的记者，白天除了课程之外，不是在写新闻的路上就是在各种活动的现场，一有时间就在图书馆静静地捧着书看。她让自己足够忙，忙到没有时间想她已破碎的爱情。在学校的路上我很少看到她，有一次看见是在一个征文大赛活动的颁奖典礼上看到的。每次约她，她都因各种事情推掉，同学聚会上也不见她，她就这样消失在了我们的视线中。我想我是理解的。

大一的整个学期，我想她都在练习如何忘记一个人。但我不知道她还要多久才能将伤口抚摸得平平展展?

大二的一个晚上，熙熙打来电话，那时已是凌晨一点，我正准备睡去，知道我这个点还没有睡去的只有她了。“忘一个人真难，真难！”她哭着说。平日大道理一堆的我，也语塞了。

“已经那么努力了，也没法忘那就交给时间吧！我们会没事的，我们一定可以安然无恙地度过每一个自认为糟糕的现在。”这话说得太一本正经了，因为我也是患者，怕她觉得不实在，我决定去找她。“你在宿舍楼下等我。”于是我挂了电话。

校园的操场上漆黑一片，没有一点灯火，像极了高中时我们睡不着出来转悠的样子。我挽着她，听她讲她的故事，尽管我看不清她的脸，但我能听得出她用了很大的力气在一点点地与我诉说。

她去南京找过他，但是他没有见他。在他生日时，熙熙发了一条祝福语，“生日快乐，我会等你回来。”殊不知回信的却是她的女朋友。原来与熙熙分手半年后，他有了新欢。她说当她知道的时候，她歇斯底里过，甚至以死来相逼。说到这里的时候，我不知道她是在笑还是在哭，“我一直以为他在学业和爱情面前选择了学业，其实不是，他选择的还是爱情，只是要的爱情与我无关，我以为我离开是成全他的学业。可是事实却是，我成全的是他们的爱情。是不是很可笑。我努力着只为追赶他的步伐，想离他近一点……”这话让我觉得心疼。

明明有些人已经告诉你，不必等，可就是执拗地不肯回头。

“他离开时，我觉得我再也找不到一个像他那样爱我的人了，所以我不想放手，我以为这是在抓住我的幸福，可是我越是靠近，他越是排斥我，我们变得越来越远。”

“谁说的，你会找到更好的。”话落地后，我心里是虚的，因为我与她在这一点上惊人的雷同，我们对未来都是太过悲观之人。但在此刻我觉得我需要说些能燃起斗志的话。

“我觉得我在他面前好卑微，活得越来越不像自己了，我不甘心。”她近似抓狂一样地想要在这场失去的爱里找到些答案。

“他都这样了，坚持他干啥，傻！如今你这么棒，是他配不上，让他后悔去吧！”我故作轻松状，还带着些许愤恨，不知道这样是否会让她觉得舒坦一些。

我们围着400米的操场不知走了多少圈，回到宿舍时是凌晨四点。三个小时的交谈，离开时她告诉我她还想坚持。我不知道最后是否值得？我想只有时间才能告诉她。是的，只有时间，正如电影《英国病人》里说的那样：一段不被接受的爱情，需要的不是伤心，而是时间，一段可以用来遗忘的时间。

我深知，对待一个去意已决的人，就算你倾注一辈子的时间，也不一定等得到。而等到了又如何，曾经的感情是否一如当初呢？我想这就印证了一句话吧：有些人说不清哪里好，但就是谁也替代不了。

四

一恍惚，已是大三，三年了，我想足以忘记一个人了，可我浑然不知她伤口愈合的时间竟会那样长，长到让我看不到期限。三年里，很多人试图走进她，但所有的人在她眼里都是一副乱七八糟的模样，她住在自己精神世界的围城里，想进的人进不来，自己也出不去。她身边的人，有人分手后又恋爱了，有人恋爱了又分手了。唯独她仍待在原地，等着看不到未来的爱情。

我不知道LG这三年里是否给予她回应，我只知道她固执着自己的固执，一意孤行了三年。每次我们见面，只要说起LG，她还是会觉得不甘心，会难过。我心疼她付出的时间，可又无法说服她放弃。她高估了他的坚守，而他又低估了她的固执。

我想她是不是应该有一个他，然后再提起LG时才不会痛呢？

熙熙说，那次LG离开后，他们再也没有见过，发给他的消息也不曾回复。在无望的等待里，她会不会倦，会不会累？或许有一天，倦了累了的她，会选择倚在一个不爱但能够温暖自己的人的肩头，然后笑自己曾经的不回头。

“你是不是觉得我很傻，很固执。”我点头不语。

大四的日子在临近，离别的忧伤在校园里开始酝酿，何去何从成了生活中的头等大事。我们在忙着未来里逐渐淡忘过去。

优秀努力的她，毕业后去了山村，当了村官，我留在了城市。我送她上车时，在车上她给我发了一条长长的短信：

以前总喜欢他抱着我，后来他不抱我了，也不让我抱。我睡不着，于是我抱着被子睡，抱了几年，终于习惯了不再抱他，发现抱着被子也可以。曾经我哭时，他心疼得不得了，说宝宝哭的样子不可爱。后来我哭得死去活来，都不想活了，他说已和他没有关系了。我终于知道哭是他爱我时才赋予的权利。所有没能走到最后的爱情都是不够爱吧！

我用两年时间爱了一个人，又用四年时间去等一个人。六年了，每年的纪念日，他的生日，天气变冷……我都会问候他，我以为我会感动他，最后感动的只是我自己。前段时间，他回复了我的消息，话的内容已经不重要了，重要的是我已做了决定，我想我撤手了，我已尽我最大的努力，是放手的时候了，是该重拾我的骄傲了。现在，我还不想恋爱，只想好好的当一名称职的村官，在大城市的你不要忘记傻了六年的我，我四年的固执一定让你很难过，谢谢你！

她终于厌恶起自己的卑微，看到信息我哭得一塌糊涂。我相信她，她一定已经走出爱情的沼泽地。

再次看到她，是新年时，我故意调皮地问她："如果你再次遇到他，你会怎样？"

"我会义无反顾地奔向他的怀抱，和陌生人比起来至少我们曾经熟悉是吧。"她故意说。"骗你的啦，每一天都是变化，到时我都不认得他了。"我咯咯地笑。

"下次回来，一定要带一个哈，不带就别回来。"

"你好意思说我，比我大难道不应该……"我只好退让，"好好好！明年争取行吧！"

"希望我们都遇见对的人。"

曾遇到过错的人，所以才会如此渴望遇到一个对的人，可是什么是对的人呢？陪你走到最后的吧。

那些年，偏执的爱，时间成了最大的赌注。我们偏执地纠缠，以为那就是爱。可经历过无数的波涛汹涌后，终归发现，年轻时爱情的覆灭所带来的痛在人的一辈子里是那样的微不足道。所有破败疼痛的现在，一定会过去，甚至会想不起。

离开只为守住心中的那份纯净

一

很多书里说，每一个女生的生命里，都有着这样一个男孩子：他不属于爱情，也不是自己的男朋友，可是，在离自己最近的距离内，一定有他的位置。我想我是信的。

当然很感谢我有这么一个男孩子，并且他一直都在，始终给我哥哥般的温暖。

我没有亲哥，不知道哥哥对妹妹是怎样的一种情感，但在我心底，俊吖就是我心中哥哥的样子。

很多人是怎样遇见后又熟悉的，好多都想不起。但是我认识俊吖却带着一点点的狗血和戏剧。高中，每天清晨的程序都是按部就班的，脑子也像是被人编好的程序，什么时候是摇头晃脑的背书时刻，什么时候是听广播时间，都被设计得清清楚楚，杜绝这中间哪怕是一分一秒的浪费。所以才会有每一次背完书后，冲着跑出教室听广播的拥挤。

101

被雨打湿的青春

每天同一时刻我都会和敏吖站在教室的走道上听15分钟的校园广播，那天刚刚出教室，就被一个身材高大的男生撞了个满怀，本能地被推出了半米，还来不及抬头看这个撞倒我的“庞然大物”，就听到他连连道歉的声音，被一个男孩撞倒的尴尬掩盖了身体的疼痛，我的脸在那一瞬间红到了脖子根，紧接着就是同学们起哄喧哗的声音，我感觉我的脸在同学们不怀好意地开玩笑中一点点燃烧。幸好敏吖闻声，赶紧将我从地上扶起，捣碎了我的尴尬。敏吖很生气，反倒我很平静，说不出个生气来。可能是他的态度足够诚恳吧。

“你走路是不看路走的吗？”敏吖生气地说。

“抱歉！抱歉！十分钟后由你处置。”于是他匆忙离开了，留下了还在生气的敏吖。我劝她说没事了，只是吓着了。于是我们接着听广播，也只有在这个时候我们才能任由自己的思绪去流浪，去往一个我们渴望前往但只是在书本上看到的远方。

高中的世界实在是太小，尽管我们知道，我们日复一日的生活远非是我们的全世界，但仍会渴望去外面的世界看看，唯一承载我们看世界念想的就是校园广播。四中的校园广播给闭塞的我们传递着外界的讯息，生活、娱乐、旅游……一应俱全，最主要的是每一个播音员的声音都有一种魔力，足以让人沉醉的魔力。

如今离开高中时代都已经好多年了，每一次高中同学聚会，都会说起高中时某某的声音真心很好听之类的话。现在想来，整个高中三年，做得最有情怀的一件事就是听校园广播了。于是我们每每怀念，怀念那些声音。可能未来我们会忘了那些在高中时为我们无私奉献的播音员，但一定不会忘听校园广播时我们认真凝神、遥望未来的模样。

果然不到十分钟，那个“庞然大物”再一次出现在了我的面前，气喘吁呼的样子，用焦急而愧疚的语气给我解释了他匆忙撞到我又离开的缘由，“你这么瘦弱，伤到你了吗？”我笑着说“没事”，试图用两个字打发他离开，因为高中的男生女生都有一颗八卦的心，我不想再次陷入尴尬之中，可是却被敏吖撞见，我知道了，这个问题还没完。

但感谢上课铃声，终止会即将发生的尴尬。“我是高三 1 班的李俊，如果你们需要什么帮忙都可以和我说。”就这样他快速地给我们做了一个简短的自我介绍。

没想到，那次窘迫地撞倒，却给我带来了一个像哥哥一样的好朋友。这是我和敏吖万万没有想到的事情。

二

我们真正熟络是在一次运动会上。运动细胞为零的我却被老师强硬地要求跑 800 米，老师鼓励我说我瘦会跑得很快的，可我内心是拒绝的，但是我的反对无效，不，是根本没有反对的余地。老师就固执地认为我的样子是属于跑步优秀的那一类人。

本来想着坚持跑完已是最大的勇气，可是当你站在跑道上那一刻起，没有人是想着输着离场的。我硬着头皮投入训练的大营，离运动会真正开始有七天时间，每天晚上在操场上锻炼总是遇见高大壮实的他，原来他是男子 3000 米赛场的小组长。见我坚持跑完 800 米都很艰难，他主动愿意教我方法，他让我不要过于心急，第一天就跑 400 米，第二天就跑 500 米，以此类推。我告诉他：“我没想过争第一，只是不希望输得太狼狈。”“你不要和任何人比，这样你会忽略你自己身体的承受能力，这样是很危险的。”我按着他说的步调每天一点点的锻炼。

万恶的运动会如期而至，发令枪还没响起，我就开始紧张，脑子忽地闪过，身边的人都冲向终点，而我还在遥远的那头，成功摘得倒数第一的称号，于是不禁惋惜起自己付出的时间。“马上你要开始跑了，注意力要集中哦。”李俊把我从糟糕的情境中拉了回来，敏吖也在旁边，手握拳头为我鼓劲。

我不知道在跑向终点的最后，脑子里想的是什么，好像什么也没有，只是瞥见李俊、敏吖还有一群人在我的旁边与我一起在跑，我才发现，在这个跑道上战斗的不只有我，有竞争者，有老师，还有每天陪伴我的他们。我顺利地跑完了800米，只是跑完后的样子用敏吖的话说叫虚脱。尽管那一刻我没有说话的力气，但真切地感受到了拼命奔跑后的畅快。我已习惯做啦啦队多年，第一次被推向赛场成为主角，听到了来自于同学的呐喊加油声，虽不习惯但却有几分骄傲感。

最后的结果是我不是倒数第一，但也不是老师所认为的那样——跑得不错的学生。我只是吃力地跑赢了自己。

李俊为了庆祝我终于结束了那令我胆战心惊的运动会，我们商定晚上一起去吃烧烤。那时我和敏吖高二，李俊高三，但他比我们俩长三岁。敏吖边吃边戏谑他，说他胆真大，都快要高考了，竟然还有时间在外游荡。

时间久了，我们在心底慢慢地就默认了他这个哥哥的身份。他喊我们君吖、敏吖的也就不再拒绝，喊他哥哥总觉得太过矫情，于是就随着他喊他俊吖，至少比喊哥哥和李俊让我们踏实。

我一直记得，我告诉他我恋爱了，他担心得不像话，像警察审问犯人一样，调查我的那一位，总觉得我的男朋友是用骗的伎俩把我俘获的，偷偷地让敏吖做我的把关人，汇报男朋友对我的表现，担心我在年轻时的这场爱里受了委屈，可是委屈又怎会因为有他的保护就会远离我呢？看着我坚持的样子，俊吖妥协，于是只得希望我和男朋友能够好好地走下去，他如我一样恳切的希望，希望我谈一场没有分手的恋爱。

三

后来，他去了北京上大学，再后来，我复读。我们三个聚在一起的机会少了，但是短信和电话不断，他仍会时常过问我和敏吖，会担心我学业压力大，身体是否安好，在大学的敏吖与同学相处是否愉快。赶上长假他会和敏吖一起回校看望我，告诉我昔日高中同学的去向。他说岔巴哥终于告别了单身，每天在空间发各种虐死单身狗的照片；洁癖男开始写书了，在各大网站上放肆着自己的文艺；丢丢做了学生会的主席，忙得就要忘了自己……还有一些他喊不上名字的，我和敏吖就给他补充，那段时间他们是我了解这个世界的纽带，因为那些日子，我对他们一无所知。每一次知道他们的消息多一点我就下意识地以为我离高中时的战友们就又近了一点。

乔布斯在演讲中说过一句话，让我印象很深刻，他说去除旧的是给新的让路。可是很多旧的人和事，都是如此之好，怎么办?

敏吖大学后一年也谈了男朋友，俊吖像担心我那样担心她，我用敏吖曾经的方式告诉他，他们俩有多么多么的好，敏吖享受着怎样的宠爱……我自以为是地认为，这就是俊吖想知道的。

直到敏吖的男朋友因出国而与敏吖分手，两年的感情因为不同国度而无法厮守。又是一对被现实击败的爱情。那一天敏吖拉着我和俊吖喝得烂醉，像是一种告别过去的仪式，然后暗示自己一切都已结束，可只有自己知道是多么的放不下，而所有的仪式感也只不过是别无选择。

我们陪着她疯狂，和她一样在路上一会笑、一会哭。“敏吖，没事的，还有我呢，我在的。”我以为这只是俊吖安慰敏吖的醉态，没想太多，殊不知，有一种情感早已潜伏许久，可我和敏吖却浑然不知，如果不是那一次俊吖喝醉，我想他会一直将这份情藏起。我和敏吖装作没有听到的样子，可是谁能阻止一个人酒后的真言呢？他爱得那样小心翼翼，爱得深入骨髓，爱得可以成全敏吖的幸福。在我们看不到的地方他为敏吖暗自担忧，又暗自欢喜。这应该是最好的爱情，可是……失恋未散，暗恋却将至，那一晚像一场轰轰烈烈的雷雨，所有的情感都要顺势而出，在那个雷雨交加的夜晚，我们都无一幸免，淋湿的应该不只有衣衫还有被衣衫层层包裹的心。

我想那一晚敏吖难过的不仅有爱情的败退，还有夹杂着杂质而无法复归于纯净的友情；那么我呢？我难过的是这场暴风雨来得太过猛烈，搅碎了原本完好的爱情和友情。而对于俊吖来说，那一晚却带走了关心敏吖哪怕只是和她说说话的机会。

敏吖走得很决绝，原来失去一个人的联系也是瞬间的。敏吖的手机里从此少了俊吖，“我不是不能接受身边的朋友突然变成了爱情，只是俊吖对于我来说，真的好珍贵，我习惯的只是他哥哥的身份，不想破坏他在我心中哥哥的样子。”

我懂敏吖的毅然决然，既然美好无法回去，也无法再继续，那就带着美好从容离开，让彼此在记忆里灿烂着，也好过在破坏掉的美好里委曲求全的将就着。

我们都处在一个不想将就的年龄里，说服自己去将就一个人，就好像在一场战争中，没有上战场，就承认自己输了一样，让人觉得懦弱。

爱一个配得上敏吖灵魂的人，该何处寻觅？可惜对于很多人来说这都只是不可承受之重。

四

可是一个人的人心断然不会如此容易死掉的，他还会在写好的现实面前挣扎许久吧。俊吖就是的。

2012年元旦，我去敏吖的学校里看望她，不知道没了哥哥也没了男朋友的她，是否还如从前一样骄傲地挂着笑，一年的时间，是否足以抚慰一个人的伤口。好久不见，她清瘦了许多，但庆幸的是曾有的骄傲还在。我把揣在包里的一本刘同写的书《谁的青春不迷茫》给她，她开心得像个孩子，因为刘同是我们心中的男神，知道他是在一档综艺节目《职来职往》中，也犀利，愤怒的样子让我们很着迷。

她翻开书，发现上面有刘同的亲笔签名，激动得将所有感谢之词向我头上扣，然后拿着书咯吱咯吱地笑。“是俊吖送你的……”但是这句话哽在喉咙里，最终还是选择尊重俊吖所要的沉默付出。

2012年，刘同出了新书，在北京、重庆、武汉等城市做新书发布会，在北京的俊吖，当然知道我和敏吖都是刘同的脑残粉，自然不会错过这个签售会，他在会场足足等了两个小时，给我和敏吖一人买了一本书，可是敏吖把感激都给了我，全然不知这本书里写满了俊吖的心意。

每年敏吖生日，俊吖从没有缺席，总是一组照片然后配上一些文字，照片不是在我空间里找的就是以前留存的，每年就这样循环使用，每次看到，都觉沉重。可是敏吖一次也没有瞧见。

我想当你知道在这个世界上有一个人在不求回报地默默地关心着你，应该也会觉得很幸福吧。但是俊吖拒绝我告诉她，只是不想让这份关心成为敏吖心中的负担。有人会怀疑除父母之外的不求报的付出是不存在的，可是俊吖让我相信有一些付出真的可以很无声。

三年过去了，敏吖依旧没有看到他的哪怕是一次的付出，而俊吖仍在坚持着对敏吖不露痕迹的关心。

把一个人的温暖转移到另一个人的胸膛，有多难，又要多久?

他对她所有的了解都是通过我来传达的，而他所知道的信息也只是我所说的“她很好”，除了这三个字之外，我再也找不到再合适的语言了。

有一次我问敏吖，没了俊吖是否遗憾，“会吧，但是和他接着做朋友我心底别扭，成为爱情是对他的不公平，因为在我心底他自始至终都只会是哥哥。”接着，她将美国作家玛格丽特·米切尔的小说《飘》翻出给我看。“思嘉，我从来不是那样的人，不能耐心地拾起一片碎片，把它们凑合在一起，然后对自己说这个修补好了的东西跟新的完全一样。一样东西破碎了就是破碎了，我宁愿记住它最好时的模样，而不想把它修补好，然后终生看着那些碎了的地方。”她认真的样子告诉我，她是坦荡的。

俊吖待我如从前，只是我们三个人在一起的画面，后来就不曾有过。

你是我路过的最美的风景

此部分写给我亲爱的初恋 CZ，把你写进记忆，做我生命里的停留，愿你是我记忆里不一样的存在。

一

你说你会陪我一起过圣诞节，遥望了许久的节日终于向我走来。这是怎样的幸福时刻，我那个不大的心脏容器像装满了蜜一样甜腻着。而你在我身边的事实，足以让我模糊掉你曾对我的伤害。是的，你就在我身旁，是这样的近。

早早起床，奔向车站，只是希望你下车后的第一秒看到的人是我。冬日的早晨，好冷，我裹着厚厚的棉袄，伫立在那。潮水般涌动的陌生人流不断向我袭来，我在庞大的人流中寻找你的身影。不知过了多久，你出现在了我的面前。十八个小时的车程，使你的脸上写满了疲惫。我心疼地走上前去，捂着你的手，问你冷么，你突然缩回你搁在寒风中的手，也一并逃脱了我手的温度，在那涩涩地笑“不冷不冷”。

笑并不能掩饰我们心灵的距离，见面时的寒暄问候充斥着无法言说的冷淡。我突然想逃，逃走这逼人的尴尬。是的，我还来不及选择面对，就狼狈地逃掉了。似乎只有这样我才能将那散落一地的自尊拾起，才能抛开你已经变了的事实。其实，我们已经不那么熟悉了，只是我在刻意忽略。人总是这样，习惯性地过滤掉那些不愿意接受的东西。

我拼命向前跑，我不知道我该逃向哪里，我也不知道我来时和归去的方向，我只知道有一个声音在鞭策我，我必须离开。跑了许久，似乎终于逃掉了那临近静止的空气和阴冷潮湿的氛围。我停下来，像木偶一样，失去力气地瘫软在那，在人潮攒动的街头穿梭，跌跌撞撞，像迷了路的小孩，有一种被城市人流淹没和删除的感觉。

周遭的一切好喧闹，每个人都带着微笑，晒着圣诞节带来的幸福。城市的街道闪烁着霓虹，五颜六色的光晕，漾在每一个人的脸上，世人都因圣诞老人的光临毫无道理地快乐着，我好似这个世界的局外人，独自晾着自己的悲伤，漫无目的地游荡。我不知道他是否也在我身后，陪着我一起逃脱了那样的尴尬。我一直都不曾回头，因为我怕，我怕我转身后，他会不在，只有陌生的脸。就这样不回头，盲目地美好着，至少让我面对未知的远方多了些许的勇敢。其实我是那样地希望他在我身后，因为我希望有一个人在我迷路的时候，于茫茫人海里准确无误地找到我。

不期而至的汽笛声打破了我盲目的美好。我本能地回头绕开在我身后的汽车，原来我挡了他的道。我迅速地扫视了周围的一切，没有他，心蓦地跌入了无边的黑暗，其实这失落是有预料的，可一旦以事实的方式陈列，难免会加深它的几分痛楚，只是倔强地不愿意承认罢了。

冬日的寒流在一点点地满溢，最后彻底击碎了我们试图修复的感情。在时间的浪掷里，你已经没法回去了，而我们曾受到的伤害，也不可能像电脑程序那样，轻轻地按下删除键，就当作从未发生过。我终将明白，爱情就如同包装精美的易拉罐，有着无法逃脱的宿命——保质期，如同我们不复再有的童年时光，无论我们再不舍、再怀念，都一并贴上了“小时候”的标签，你除了无限缅怀别无其他。

曾经傻傻地以为我们峰回路转也都会在一起的，殊不知青春是如此的残酷，无所谓永恒。我们这样近，可又能怎样，横亘在我们心里的是无法逾越的鸿沟，好似银河的距离。

二

我和 CZ 相恋两年，一直是聚少离多，他在重庆，我在黄冈。但我从不曾对这异地恋有过抵抗，为了我们的未来，我们都在平行的世界里努力着，因为我们始终相信暂时的分离是为了更好的相聚。在我心底他应该是我这一辈子要携手走过的人。一辈子会不会太沉重，谁又能给谁一辈子呢？我们稚嫩的肩膀又该怎样承担起一辈子的责任。可那时就是那样想的。

我之前说过，我并不是一个很努力的女孩，和很多人一样，我也躲在高中英语的课堂上看过无数本小说；我也曾顶撞老师，用眼神向他们宣战；我也……是 CZ 让我变得越来越好。

他是那种不挂努力头衔但却默默使劲无论我怎么努力都够不着的人。他聪明幽默，很顺利地考入一本大学，又轻松拿下雅思的考试。有时都不知道他的大脑是什么构造，好像什么都不需要太费力。而我呢？笨得要死，还不努力。英语高考的分数，低得羞于提起，大学英语就像噩梦，考四级时交了钱却站在考场门外，做了逃兵。我告诉 CZ 的时候，他笑得合不拢嘴，接着疼惜地批评我：傻瓜至少试试嘛！接下来，我可要监督你哦！

我深知我的英语水平要从娃娃阶段抓起，但我还是欣然接受。每天睁眼闭眼全都是单词，半年来，做过的阅读试卷比整个高中时代做过的都多。后来确是记住了很多单词，可都不会读。他每天都会询问我，但更多的时候是鼓励与关心。我不想他觉得我笨，所以我比她想象中的要更努力一些。就像舒婷在《致橡树》中说的那样“我必须是你近旁的一株木棉，作为树的形象和你站在一起。”

后来查四级分数，我比差高考分数都要紧张。当电脑上出现“431”分时，我居然过了，像做梦一样，感觉一切都不是真的。后来生活中，我每一次的不勇敢都能在 CZ 那里找到抵挡一切的力量。居然在大学的期末考试中是班级第一，成为同学眼中的学霸；从不想当班干部的我居然也站在台上竞选；慵懒的自己从遇见他时开始了拼命生活。我想这应该是最好的爱情，不！是最好的遇见。

在没认识他之前，我去过最远的地方也不曾离开过南方这座城，我在又小又烂的圈子里心安理得地活了 18 年。是 CZ 带着我穿过了大半个中国，感受过江南水乡流水的缠绵；民间古镇历史的韵味；秦始兵马俑的恢宏壮观……原来世界那样大。

2013 年，国庆时间尤其长，我们放了 9 天假。前三天决定回家看妈妈，后六天咱们约好一起去北海，他到学校接我，可是当天林子和他男朋友刚刚分手，难过得死去活来。她是我大学认识的第一个朋友，我不忍心，想陪陪她，于是改了飞机票。看她难过的样子，我决定带着她出去散散心，CZ 也同意。在路上我们想各种法子逗她乐。

可是旅行结束，林子却喜欢上了 CZ，生活真狗血，而我却浑然不知。是我后知后觉还是她爱得太过小心翼翼？是的，CZ 是那样的充满着魔力，每一个和他接触的女生都会为之动心，何况是受了伤的林子。

为此我和 CZ 大吵了一架，开始怀疑爱情怀疑他。我的怀疑激怒了他，频繁地争吵，终究让我们觉得疲惫。2013 年 11 月 12 日，我没了 CZ，也不再有林子。两年的爱情败给了出游的那五天。

内心惊涛骇浪，但终将没有做出什么惊天动地的举动来，我钦佩每一个敢与这个世界决裂的人，他们至少可以畅快淋漓地活着。

后来 CZ 和林子在一起了，可能两个受了伤的人更容易亲近吧。我们像在赌气，他马不停蹄地加入了新的爱情之中，我告诉他我也有了新的男朋友。他和林子没有走多久，就不了了之了。那段日子，我们都用最尖锐的方式伤害彼此，将曾有的美好记忆破坏殆尽。

我开始怀疑曾经的快乐是否是真的，但唯一可以肯定的是痛苦一定不是假的。我们就这样互相“折磨”。2014 年 11 月 12 日，我哭着说：“让我们回去，回到从前。”那天他也哭了，说我们都太过倔强。好像那天后，我们应该、貌似和好了。所以才有前面圣诞节的相见。

以为这次相见就能修复我们身上遗留的创伤，我想我们都错了。不管怎么走近我们之间都隔着一个她。

事实证明那次相见后，我们回不去了。

三

知道和做到有着十万八千里的距离。有时一首歌；一个动作；一个擦肩而过的背影；转几个弯我也会想到他。

每次从学校回到家都要经过一个如宿命般的城市，从黄冈出发必须经过他生活的城市——鄂州，途经此地总有说不尽的悲伤在心底弥漫。这个城市的一切都好像在告诉我：你的初恋在这里。

所以我总希望此刻车子可以开得快一些，眼不见也不会徒增伤悲。或者从上车的开始，就塞着耳机，拉着帘子，不去理会一切人和事。

可不是所有的时候，我都能顺利逃掉，有时车子抛锚或者等候某一位乘客而在路边停留，于是你掀开帘子，看着路牌上赫然写着“鄂州”，回忆一幕又一幕。你在他生活的城市，到处找他。这个城市不大，可你就是找不到他。会不会他此刻经过某个街角，看到在车上对他笑的我，然后给我一个大大的拥抱呢？

每次经过这里，我都会扭着头追随那些身着红色T恤、体型略胖的青年，想象着我们会不会真的在毫无准备的情景里相遇。可是现实生活里所谓的偶遇，很多时候都是一场精心策划的预谋。我想我是清楚的，骑着白马的都不一定是白马王子，何况是一个身着红色T恤、体型略胖的青年呢？

心在肆无忌惮地张狂，可没有人知道我与这个城市的故事。后来城市发展，道路建设日趋完善，从我家汉川到鄂州的路程缩短，城际铁路开通我们去武汉更加便利了……我努力与你生活的城市找联系，可这联系与你之间到底又有什么关系呢？

那次见面后，我们基本没有联系了，可能都心照不宣地觉得回不去吧！不知道他是否想起我，可我时常怀念他。

四

生活的乞丐有人回应，可情感世界的乞丐却无人施舍。没有提及分手，我仍心存希望。我辨不清这是幻想还是希望，心怀念想拖着让人觉得累。我决定去找他，做最后的道别，毕竟生活始终向前，我又怎能一直活在过去。

这个想法一出，我立刻买了去重庆的火车票，晚上就出发。这应该算是一场说走就走的旅行吧。总觉得只有把自己狠狠地折腾一番，在离开他时才能狠下心来。

13个小时的硬座，我该拿什么去应对这难熬的时间？我拿着一本书一个笔记本就出发了，肚子在车上不听话地狂叫，夜晚的车厢真冷，我穿着薄薄的衬衣，连个御寒的外套都没有。晚上车厢里的人渐渐少了，我也可以躺下了，但逼人的冷让我只能缩成一团坐在那。车厢里的人都裹着厚厚的棉衣或者在附近随意找一块可以遮寒的布，搭在身上，任由身体随意摆放在座位上，车内鼾声一片。我看会书，接着写字，然后看看窗外，窗外黑暗一片，别无他物。

在路上时刻提醒自己这次的目的是来作别的，我怕我会软下来，又祈求他回来。突然想起，我还没有告诉他我来找他了，我发了一条消息，他没有问我为什么来，只说他会在车站那里接我让我注意安全。他的关怀让我心底的防线开始向后退，我离开的决心在瞬间动摇。但又被自己立刻否定。

夜色加深，车外的寒气朝着车子的缝隙渗透，我觉得我就要冻死在车里了。可车子里的人却睡得那样安稳，唯独我好像不是这辆车里的活物。这时一位坐在我对面的阿姨醒来了，看着我仍呆坐在那，抱着双膝，“没有带衣服是吧！到我这里睡吧，我已经睡好了。”我想人最快乐的事情一定不是锦上添花而是雪中送炭。

我的眼皮睁不开但又睡不着，躺了一会就坐回了原位。接着写写画画，我抓着感情这件事在车上放纵着自己的悲伤，感觉这悲伤也只会有这么一次了。

到达重庆火车站的时候，外面下着小雨，他站在雨中撑着伞，看到他的那一刻我真想把所有的一切甩在脑后，冲向他的怀抱里。

“怎么买的硬座，这么远。”

“没有卧铺了。”

于是他就带我去了我们曾经去过的地方，吃了曾经吃过的火锅，喝了咖啡，也爬了山。所有的一切都再也找不到曾经的味道。因为我当天就要离开，没有相聚一会，我们就要乘车去车站。临走前，他用拥抱向我作别，脸上的表情很复杂，我不知道他会说什么，我怕他先开口说了“再见”，所以我抢在他前面说了“再见”，让他什么也别说，看我的短信。转身笑着挥手，心里真的在哭，却不露痕迹。

车上我打了一排字：**这是我最后一次找你，这次过后，我不会对你心存念想，你也不必怕分手二字说出来会伤害我，希望我们都能好好的生活。谢谢时光，让我们遇见！**

说出这句话后，心里反而觉得轻松。坐在回程的车上，我删掉了他的QQ、电话、照片，告别真的要用力一点。结束了过去，我在车上沉沉地睡着了，醒来时，重庆已经离我很远了。

偶尔阵痛的现在，嘲笑着软弱的昨天，我就该如此决绝，抛下所有的过往，执拗地奔向未来。我们的记忆里早已没了回忆的幸福，忘却本应是宿命。如此这样，又有何不可。

五

后来的生活没心没肺地很快乐，偶尔想起他也没有曾经的澎湃了。这种感觉就像电影《返老还童》中描述的那样：我知道这世上有人在等我，尽管我不知道我在等谁，但是因为这样，我每天都非常快乐。

他现在过得好吗？是否仍旧过着毫不费力的生活？我不知道，也不愿知道。

去年寒假，我去武汉参加一个同学聚会，却意外遇到了他。在我的印象中我们共同的朋友并不多，而且这次聚会的是我的高中同学，他怎么会出现？

原来，在我从重庆返回的时候，他联系了我最好的玩伴晓晓，让她在那段日子里多安慰我，多听听我的心里话，难怪我在回程的车上就收到了许多晓晓的信息。我和他讲过很多我与晓晓的故事，也带他们认识过。我恍然大悟，今天才知道他在我看不到的地方为我做了那么多。

而今天遇见是路过还是早有预谋?

我深知我没法做到风淡云轻地和他谈及过往，也无法像普通的朋友一样寒暄几句作为相遇的对白，可他就站在那里，你离开觉得不妥，上去攀谈又觉得尴尬。

最后越过尴尬藩篱的是晓晓，她将我俩带了出去，给了我们一个安静的空间。我们相对而坐，喝着茶，聊生活、聊学习、聊近况，但就是没有聊彼此是否有了她或者他。我是怕，没有勇气知道，所以避而不谈。他呢?自然也没有说。我们都说着无关痛痒的话，客气里看不到一点别样的情谊。

但这种遇见带着罗曼蒂克的美好，我想我心里还是欣喜的。

看到他后，渐渐沉寂的念想又开始复活。“今天怎么来了，不会不知道我会来吧。”我故意开玩笑地说到。“知道，是晓晓恳请我来的。”他竟脱口而出，将我想从他那里知道的信息一并扔给了晓晓。

原来他早已温顺地随时光释怀，而我才是那个执迷不悟的人。我原本想勉强，可他却不愿再将就。

书上说得好：相见不如怀念!

聚完会后，我们各奔东西，向着不同的方向离去。看着他走后，我和晓晓坐上了回去的车。这个城市喧嚣不止，可我却听不到在我身旁碎碎念的司机的声音以及响彻在城市上空汽车发动后马达发出的声响。在我心里，这个城市静如止水。

再次相见，知道你完好无损地存活于世间，我想这已足够。有一天，或许我会记不起你的好，也会忘了我生命中曾出现过一个你，但我还是感谢你来过，因为你是我路过的最美的风景。

始终闪烁着的梦

暑期支教，一条短暂的相交线

2014 年的暑假，身边很多人出国了，也有很多人去了山村支教。他们那段时间的感慨几乎轰炸了空间，我只是习惯性地点开，走马观花地看看后不留痕迹地走开，好友都知道我从不在任何一个人的空间里评论，哪怕是点赞。他们早已习惯了我的不言语。因为不曾经历，文字多少带着些肤浅的意味，妄下言论的草率若可以是避之不及的。

我知道，有一天我一定会站在异国他乡，拥有真切的经历，然后再与他们互诉衷肠。但是支教，现在没有经历，未来也不会。于是在那个暑假里，做了很长时间的看客。

一

很早就开始酝酿的剧本，写了一半，因为还原不出一个 9 岁孩子的心境而搁笔。心里很苦恼。大脑像是发生过剧烈碰撞，出现了巨大断层，我九岁时的样子，以及整个童年的细枝末节，没了捡回的余地。没了孩子心境，总觉得自己像个老者，一点也没有一个 20 岁人的样子，不过庆幸的是，多数时候我是厌恶自己仍是孩子的，倒挺喜欢自己内心寄居的几分老态。

一次与正在支教的星星聊天，我问她你9岁时在做啥，“读书呗”，我想，这个问题就没法继续下去了。我说那介绍一个你所教班级的小学生吧。“他们都是留守儿童，大部分很懂事，除了学习就是帮助爷爷奶奶做家务，没有过多的其他活动，但他们真的很敏感很渴望被关怀。”星星说这是她与这里的孩子相处快一个月的感受。

我知道留守儿童都有一个不轻松的童年。但从他人口中说出总有些没有触碰的距离感。

后来，在报社待了一段时间后，主任鼓励我们自己去找选题，我决定去关注我身边的一个群体——暑期支教人。上报选题后，获批。于是即刻去了星星支教的山村，道路平坦，放眼望去，大片大片的田地，颇有陶渊明《桃花源记》中所描述的意境。车在进村子的路口停了下来，两层高的楼房，屋舍俨然，大门紧闭，少有行人，几个老人拿着农具朝田地的方向走去，想寻路，不知要转几个路口才是当地的小学，老人用方言热情地给我引路，只怪我听不太懂，浪费了这盛情之礼，想寻一孩子，在路上焦灼地等待了许久，突然恍然大悟，今天星期五，顽皮的孩子们都“锁在”学校里。不是周末的乡村，就像一座空村。农村的空心化现象我是早就领略了的，此情此景，不禁想起了很久没有回去的家乡，那里应该也如此般的冷寂吧。

星星教小学四年级学生的数学课，在车上时，她发信息时说上完星期五的最后一节课，耳根子就可以清净两天了。

晚上我随同她在学校的食堂吃饭，乡村的娱乐设施在镇上，没有去往的交通工具，谈话便在马路上，我们从一个村子末尾再走到另一个村子的末尾。她给我讲她班级30个学生，每一个她都能喊得出名字，说得出特征。

但对我来说，终究不可感，最多的情绪只不过是感慨和唏嘘。但是接下来的一通电话，却真实得带着刺痛感。

“老师，我感到很糟糕，每个周末爸爸都会打电话，问我的学习成绩，他总要我考前三名，可我总做不到，但我真的尽力了，我不要过周末……”她哭得泣不成声，以至于我们都没有听清她下面要说的话。“跟老师说，先别哭，哭老师就听不到了。”星星拿着电话努力地听。可是哭声盖住了一切言语，听不出个究竟，安慰也无法传达。“如果晓晓再哭，老师就生气了。”星星声音提高一个调，但竭力用温柔的语气。可能没有人如此温柔地聆听他们的心声，怕这温柔转瞬即逝，所以那头的晓晓才会如此迅速地克制自己的难过。晓晓 10 岁，跟着爷爷一起生活，爷爷很疼爱她，她乖巧、努力，但却并不快乐。星期天本是童年孩子的狂欢，可是晓晓却惧怕，怕远方父母打来的每一通电话。

那一晚我久久不能睡。

第二天，星星和晓晓的父母沟通。我问结果怎么样，“希望会有所改善吧。”其实大多数父母爱孩子的方式都是笨拙的，他们会把询问你的考试成绩当成一种爱的表达，或许长大后的我们都能明白其中之味。可对于一个 10 岁的孩子来说，尤其是敏感的留守儿童，这爱就是无法承受之重了。

虽是星期天，但仍有很多学生是寄宿在学校的，我有了很长的时间去慢慢了解他们。

恩！9 岁孩子的样子，不，留守儿童的 9 岁，应该是“小大人”和孩子的矛盾体。

二

走的时候，羞涩胆怯的丸子、爱使坏的蛋儿、掉了门牙的东东……还有很多叫不上名字的人儿，不知被谁教的，在我上车的时刻齐声喊着：漂亮的姐姐你一定要来。我很想大声回应：我一定会的。但是我真的不会再来，谎话是说不嘹亮的。我站在车上不停地挥手，点头说谢谢。然后谢谢复制了几遍，直到没有人可以听到。那一刻，除了谢谢，我找不到其他更好的语言了。

我在那里只待了三天，不知道割舍不下的究竟是什么。

坐在车上，开始整理这几天的采访笔记，让理性登台。用笔去记录我看到的暑期支教人。

快节奏的生活，在充满喧嚣浮华的都市里，人们渐渐远离乡村的静穆，以梦想“在别处”作为标榜，削尖脑袋也要挤向北上广。但依旧有一群人，在暑假奔赴山村，给那里的人们送去温暖，哪怕短暂。

对于暑期支教的大三学生杨小柯来说支教是儿时住在心底的梦。

“你看到的他们，其实就是我昨天的样子。”蒲公英队长杨小柯向我坦言自己曾也是留守儿童。她第一次听说了“支教”这一名词，是初中，在书本上。从老师的语言中感觉支教是一件光荣的事。“曾经觉得这是件遥不可及的事，没想到实现了，现在想想支教仍旧是件非常神圣的事。”杨小柯笑着告诉记者。

6月底，期末考试还未结束她就开始投入支教前的准备工作中，支教前的准备是繁琐的，任务量大。人员调配、课程安排、衣食住行、上传下达，哪一方面都不能落下。尤其要和每一个来支教队员的父母沟通交流，打消他们的疑虑，唯有得到他们的支持和认可，他们才敢放大脚步向前迈。

7月10日，蒲公英队正式开课，前期的准备工作终于完美落幕，但队长杨小柯却丝毫不敢放松，依旧坚持五点半起床，准备采购和孩子的早餐，中午得督促孩子们午睡，晚上看着每一个孩子洗完澡，有秩序地睡去时才有时间一个人静静地总结每天的得与失，躺在床上时已经是凌晨。午睡半小时在她看来都是件极为奢侈的事。当提及工作时间如此长，累不累时，她脸上的表情很复杂，累，但只是身体累，心从不觉得累。想到那群天真可爱的孩子们以及并肩作战的队友，她的脸上立刻浮出了满足地笑。

当记者问她未来还会选择支教吗？她说，不会了。因为爸妈常年在外漂泊，为了生计很不容易，自己的梦想不能始终由父母买单。儿时的梦想尽管在现实面前不能坚持，但也如愿以偿地实现过，也不会有遗憾了。希望未来好好努力，让自己有足够多的能力去帮助那些留守儿童。让他们也能沐浴在爱的光环中，幸福成长。

“我想真切地感知你们的快乐与悲伤。”这是大二学生黄晗此行的目的。

“我希望爸爸妈妈不要吵架了，我想你们一起带着我去玩。”“爸爸妈妈好辛苦，我总想帮你们，可我总是帮倒忙，好想自己快点长大。”“奶奶你今天会忘记去接妹妹放学么，她一个人肯定会怕的。”……这是曙光支教团队在开设“排解烦恼”的课程上小朋友们写下的。

“孩子们那些隐匿在内心的小秘密，总是很少有人会去聆听，孩子烦恼的背后，表现出的是惊人的懂事，让人觉得心疼。童年的她们，应该是调皮和肆无忌惮的，可却过早地成人化。我能做的就是听听他们内心的声音。”黄晗说。

每次下课期间，同学们都纷纷拥向她，快乐地在她身边“舞蹈”。“黄老师！你好可爱，你以后可不可以到我们家去玩呀？”“你以后可不可以一直教我们语文课？”“我会做饭呀，你来我们家里我做你吃。”……记者在门外看到，这短短的十分钟，凝聚着太多的感动，不大的屋子填满了欢声笑语，荡漾着珍贵的支教时光。

“其实，我们在给孩子带去温暖的同时，孩子们也在用最淳朴的方式教会我们保持纯真。”她告诉记者，一次有个小朋友将亲手折的千纸鹤，偷偷地放进她的办公桌里，还附上了一个小纸条“黄晗，我爱你！”她说这是她19年来除了家人收获到的最感动的一件事。当她问同学们你们的快乐是什么时，“有人陪伴”“黄晗老师可以不走”“作业不多”……如此小的要求，但在现实中，他们并不是都可以拥有。

“我知道了孩子的快乐与悲伤，可我并不能让他们快乐的保质期是永远，让他们的悲伤不再蔓延，我只能在这一个月里给他们多些陪伴，多些呵护，真害怕离开的那一天，孩子们一定会很不舍，我真不知道我这么大一个人会不会哭得一塌糊涂。”她的话语里流露出了一丝无奈和难过。

当记者问她，这里的条件艰苦吗？“以前来这的人，睡的是课桌，我现在睡的是床，想想这，我就比其他人幸运多了，没有什么可以抱怨的。”她幽默地说。

这个世界上没有比不谙世事的孩子的笑更让人觉得温暖了，短暂的守护，终归是一件可以让人骄傲的事。

当我们认为支教是一件值得骄傲的事时，大二学生陈希却一次次更正，甚至拒绝我用文字来拔高这一群体，在他眼里，他做的只是件小事。

“我并没有觉得支教人就应该理所当然地享有别样的光环，我也不认为我们做的是一件让人觉得伟大的事，需要社会的大力渲染。我觉得我做的只事人生中一件极小的事。”薪火支教团队队员陈希如是说。

他本着锻炼自己，丰富暑期生活的理念，选择到山村支教。师范院校的他，深受三尺讲台的吸引，因此他希望抓住每一次能当小老师的机会。站在“大同中心小学”的讲台上，他觉得自己在青春年代，做了件让自己可以感动的“小事”，无所谓成就感。

在课堂上，他要求学生以“师哥”来相称，说喊陈老师听着怪别扭的，也拉近他与小朋友之间的距离。于是课堂内外，“小师哥”在人与人交谈中逐渐变得流行，成为薪火团队的一道靓丽风景线。

他的课堂，不用教条的方式来灌输知识，而采取幽默风趣的方法来传递知识，没有条条框框的束缚，当然也没有那么多的不可以。他认为填鸭式的模式培养的只是模式教育下的“一只乖鸭子”，因此他鼓励同学们大胆提问，打破思维桎梏。他希望能为他们带去新的学习方法和学习理念，不为名次排名所累。希望他们轻松学习、高效学习，快乐地度过美好的童年时代。

同学们告诉记者，“师哥的课笑声不断，很开心，不会因为紧张，而答不上来被批评和取笑，就算不会，他也从不指责我们。”他的桌上时常会出现不明信件和水果，但不变的是纸条上的三个字“辛苦了”。

他对那些打着支教名义来谋取关注的人，流露出了强烈的鄙夷和谴责，如果一件美好的事被名利所浸染，将是对支教的一种亵渎。他觉得人的梦想不应该住进功利的牢笼中，守住这一片净土，一件小事也可以做得不平凡。

支教路上艰辛与快乐，都见证着这群热血青年的成长。他们用自己的肩膀诠释着不一样的人生轨迹，为这里的孩子们送去了一丝清凉。

于是我将稿子取名为《将梦想寄居在山村的支教人》，主任看后，又干净利落的评价了一行字：内容真实可感，标题过大。我纳闷不解，后来他说，暑期支教人和那里的孩子只是一条短暂的相交线，将“梦想寄居山村”有些言过其词。我若有所悟，内心莫名地涌现出悲伤。

三

一个月后，我实习也接近了尾声，支教的人也陆续回来，他们好像都很沮丧，用了上千的文字去记录了这一段时光。字里行间交织着温暖与不舍。

今天8月2号，3号停课准备文艺汇演，5号，一切就结束了。今天走进教室为什么心里会酸酸的？我发下练习本开始讲解昨天的习题，他们错得很多，我有点不耐烦，但是我知道我没办法让每一个孩子在短短的40分钟内纠正，花30分钟讲解一道应用题，讲了三种方法，最后说希望他们升三年级后更懂事、成绩进步，有个孩子问我，老师："你怎么不问我们有什么话对你说呢？"是有老师这么问过他们吧，我眼眶开始热了，我故意说我才不想听，他们开始说舍不得之类的话，我说其实你们的纪律真的挺差的，但是有时候看着你们又觉得挺可爱的。他们开始问我是哪儿的，问我什么时候结婚，说结婚的时候一定要回匡河镇看他们……20天真的很短，转瞬即逝，但是又好像经历了好多事，像有一年的事那么多。

下课铃声响了，突然，匡思量，平时最让我头疼的孩子之一，站起来说："老师，我们有一首歌送给你！"他们开始唱感恩的心，不太整齐的动作，看着看着我就看不清他们的脸了，我手上多了一些东西，是他们画的画，颜色涂得特别艳丽热烈，本来就浓，还涂得很乱。我听到有几个男孩子说老师哭了，老师哭了，我只能匆匆逃离现场，在他们面前我像个做错事的孩子一样逃开了，他们趴在窗户上一直唱，用目光送我，几个孩子匆匆忙忙把还来不及折完的纸塞到我手上。

后来他们班主任告诉我有几个女生在班上哭了，我开始意识到自己做错了一件事，我开始后悔了，我就该一直一直上课，不该说那些乱七八糟的话，不该提醒他们分别的事。我没想到，最后的最后，还要教他们如何离别，只是，连我自己都还没学会，我怎么能教会他们。我是个不及格的老师。

我想，慢慢地我可能只会记得几个孩子的名字，然后慢慢费好大劲才能想起二年级班长的名字，但是我很久都不会忘记他们扯着喉咙唱《感恩的心》；他们背诵《弟子规》时嘴巴夸张地张到最大；他们仰着头对我傻笑的样子；他们涂得乱七八糟的画，把我画的巨丑无比；他们把作业本骄傲地递到你面前，千奇百怪的错法让你咋舌，然后还缠着我表扬他，本子上的歪歪扭扭的字看得出来也是认真一笔一划写的。

……

这是燕子在支教后写在空间里的话，洋洋洒洒的三千字，看后，感触良多，于是第一次附上了评论：羡慕你们曾有过这么一段时光。

可能曾经去过的山村，很多人都不会再有机会去往，也不会再有一段支教经历，那些在他们临行前，孩子们许下的愿望，可能犹如安徒生童话里那封没有贴上邮票的信戳，无法抵达。

虽只是短暂的相交线，但曾经给过的真切温暖，仍值得铭记。

有些梦不实现又何妨

我终于很久都没有再想起你，似乎就要将你忘记，可你却又再次出现，从此泛滥了想念。只可惜，我们都过了想念就说起的年龄，因为我们想念的那个人可能早已不再是自由男儿。只能任由想念在心底燃烧，真想有一盆水能劈头盖脑地从头顶淋下，浇灭这念想，留下一地灰烬也罢。虽破败，但至少沉寂。

为了不让这想念灼伤自己，文字成了保护我的利器。

一

分手多年的初恋，费尽心思地去忘，可是再次相见，全都分崩离析，你还是会有想再次拥有的冲动。

我早已删掉了有关你的一切，只是想让自己忘得快一点。QQ 里没有你的图像闪动，都已经有两年，我也渐渐习惯。前不久，QQ 中突然有了你的好友验证，我思索纠结了良久，最后还是同意了。我们已经是好友了，但却不知该抓取生活的哪一段来讲起。于是，都在沉默。

两年的时间留下的空白横亘在这里，该拾取怎样的语言我们都在思考。我在前面的文章中给大家说过，我的初恋生活的地方与我的大学距离很近，因为见面不那样周折，于是都试图通过面对面的交流来打破沉寂。可能见面后他也没怎么多想，只是问候吧，而我是不敢想，怕不小心再次跌入泥潭，“人总不至于要在同一根电线杆上撞三次吧。”我暗自告诉自己。

夏末秋初的天气，外出带着一丝惬意，没有炎热，阵阵微风拂面，透着些许凉意。我们约定着在一家咖啡馆里见面，两年多了都没有见过你，你现在会是怎样的模样。你瘦了些，两年的时间对一个人外形的改变是显性的，但与一个人的内心变化比起来就渺小得多了。你的内心又有着怎样的变化呢？但这不是一次短暂的相见我就能看得清的。

“你还是这么瘦……”他用这句话拉开了我们谈话的序幕。我有很多问题想问他，很多很多的疑惑和好奇，但我全都成功绕开了，而是拈起一些不疼不痒的话题来与他交谈。

星巴克，是我们曾经常来驻足的地方，这里有我们太多的回忆。站在门外，往事一幕一幕地在脑海里纷飞。星巴克的生意依旧，情侣们相对无言，但是一股暧昧隔着窗也能嗅得到。我们曾常坐的地方，那里有了新人，我们找了个偏僻的地方坐下，我的拿铁，你的卡布奇诺，全都是老样子，但不知能不能喝出从前的味道来。

我觉得很神奇，像做梦一般，没想到会有一天我们竟能平心静气地坐下来喝着咖啡，聊着天。我的喜悦是无须掩饰的，你给我讲你工作中的趣事，聊得尽兴时，我们会开怀大笑，但这笑总像是浮在表面，沉不下去。渐渐地我也没了初见时的羞涩，开始打开话匣子，给他讲我的大学生活，相聚的时间是那样短，一杯咖啡的时间又能讲出个什么别样的故事呢？我所说的也只不过是大学生里的冰山一角。

喝完咖啡，就是告别时，可是窗户外却下起了雨。天总是突然间变的，给所有行人一个措手不及。无奈，只得静坐，避雨。这场景虽没有电影《言叶之庭》里的绝美意境，但却叫人深刻。这个不大的空间里，只有我和他，一个女孩的矜持竟被我狠狠地抛弃，我转身抱住他，在他温暖的怀抱里我已经感到某些死去的东西又活了过来。

其实他不在的日子，也有遇见过心动的人，但只是心动了一下，仅此而已。终将没有恋爱的冲动。

离开时，我没有不舍，好像那个拥抱就已将所有的情感宣泄，干净得走的时候只剩平静。他说他有时间还会来学校看望我的，不知道是出于一种礼貌还是……

他将我送上了车，看着我离开，不知道送走了我的他是怎样的一个心情。会想要知道，但羞于问起。

二

你出现后，在我心底再次激起万丈波澜。原来你像我的梦一样，一直在闪烁。对你的念想，从不曾停歇，只是我在刻意遗忘。

9月，是你放纵了想念，本想置想念于不顾，任它去流浪，可它却肆无忌惮了。曾有的伤痛被思念这东西碾碎，又开始渴望着你在我身旁的样子，想和你漫无目的地走很长的路；想和你出趟远门，在黑夜里出发；想和你坐在大学的教室里，无论上一堂什么课都好；想再次看到你在校门口等候我的身影……我在臆想的世界里沉醉，然后买醉。

“我不是一定要你回来／只是当又一个人看海／回头才发现你不在／留下我迂回的徘徊……”

徐佳莹的歌声唱得我泪流满面。你再次重回我的日记里，我将我的想念写下，想减少它压缩在心中的密度，让我的心脏容器不那样拥挤，以便留些空间给新的人和事。写的是琐碎，只是希望有一天你想知道的时候，我还可以轻易说起。

没想到思念会如此绵长，让人在夜里不能寐。

这个九月你快些去吧！思念你又何必纠缠！我们已经不再熟悉，说出想念总略显冒昧，可是想念不管这些，只知道疯了一样的念。

为了停止这无端的想念，我揽了更多的活，学习、工作、图书馆三点一线，终于忙得忘掉了时间。可是有些节日总是被人提醒着记住，身边的人吃着月饼，与他或者她在月光下赏月，才惊觉，今日已是中秋。想念又开始乱入，想每一个节日都有你的陪伴，可又该如何说起？于是我塞着耳机，试图用音乐将我与这个世界分割开来。

“又回到这个尽头／我也想再往前走／只是越看见海阔天空／越遗憾／没有你分享我的感动……”

音乐的世界更让人纠缠不清，哪个世界里都是情，而我只不过是从一个世界逃到另一个世界罢了。

从初秋到深秋，你又没有出现。失落。我当然也不会告知于你，我在等。尽管这等与《魂断蓝桥》中那个站在滑铁卢的大桥上等待的罗依一样让人觉得无望，但还是会不由自主地沉默的等待着。有时候觉得自己与 *lost and found* 中的小企鹅是同病相怜的，都有在大大的世界里，听不到小小的声音的难过。

秋意渐浓，寒意将至，想借此给你捎些关怀，以此来掩饰我对你的想念。但是作为男孩的你又怎会察觉这天有何异样，关怀的其中之意你自然不会懂得。于是再次陷入失落。

想念和失落交织着，是怎样的折磨？却又赶上自己的生日，其实那天我是开心的，但不知道为什么自己没有发表感言，可能是内心嗨得有些喧闹，甚至有些浮躁，也可能是不想让那些不知道我生日的人看到消息后，道上一句尴尬的“生日快乐”。

失落膨胀是在生日的末尾，凌晨已过，也不见你的任何消息，才开始承认，你已忘记我的生日这一事实。可是记住又如何呢？一句“生日快乐”就能填充两年时间留下的空白吗？我质问自己。答案已在心底，但是幻想就是不泯灭。

对待自己老了一岁，并无惊喜可言，而真正让人觉得欣喜的是那些陪自己度过每一个生日的人，可惜没有你。于是又觉失落。

从九月到十一月，都有一种死不了也活不成的疲惫。想放声大哭，若可以不被世界听到，想暂时软弱，任我颓唐低迷……而你的世界是否会因为遇见我而有些不同呢？

想得太过用力，对自己终究没什么益处。我所有被压抑着的想念在电饭锅丝断后的火光中引爆，终在那一刻，没能保护好自己的软弱。

总是这样，不会保护好自己的伤口，稍微愈合就开始忘了曾有的疼痛，停止呵护，任其在风雨里，于是伤口就这样慢慢溃烂，最后成为好不了的伤，然后一触就是锥心的痛。

原来你出现后，我并没有变得多快乐，所有的抽身离开都是失望的累积，是潜伏许久了的，毕竟没有人会拒绝幸福。

一直以为，只有晚睡、不运动……才是坏习惯，殊不知有些想念也会是一种坏习惯，是需要 21 天时间来改正的。

三

你一直不出现，而我想念的背后也变得空无一物，好像只是习惯后一个不经意间留下的仪式感。

我在想念什么呢？想念着给你讲我的故事，可是两年堆积的故事那么多，好像用一辈子的时间来陪伴也无法穷尽，我需要无数个辈子。然而糟糕的是，我们连正常的交谈都变得别扭了，哪来的一辈子，我又怎能奢望我们会有下辈子呢？离开！离开！

听同学说《陪安东尼度过漫长岁月》电影很不错，原本打算和你一起看的，你一直没来，都已下架。于是这个片子到如今我都没有看，等待的路上总是错过太多风景，也渐渐厌倦脑子有了一个人，但却等不来的卑微。

这个秋天彻底过去了，是该过去了。想念也渐渐淡去。

后来，台湾电影《我的少女时代》上映，豆瓣评分不错。当然决定去看，与评分无关，只是因为评论上说与电影《那些年》一样很纯很清新。于是冒着大雨去电影院看，哭了也笑了，真心不错。但在心底，所有的青春电影中，还是《那些年》最无可取代，可能只是因为，看《那些年》时有你吧！《那些年》里塑造了一个男孩心中的沈佳宜，《我的少女时代》中刻画了一个女孩心中的徐太宇，可惜的是，沈佳宜常有，但徐太宇并不常见。可是你青春里出现的那一个人，就算不是徐太宇也一样令人难忘。

曾经我一度以为她遇见你是多么的幸运，但是现在不这样认为了，我的幸运也没有因为你的离开而不再光顾于我，我也会有我的小幸运。

渐渐看开，爱回不来，不是一部电影教会我的，而是时间。你在我的世界里真的太随便了，总是突然闯入又消失，你之所以能出出进进，可能是从一开始我就为你留了门，在等你回来，所以才会有那么多的想念和失落。可是决心回来的人，就算你关着门，他也会越墙而入的。所以，姑娘！你不必等一个曾经离开过你的人，真的不必等！我将这句话告诉我自己，也告诉你。

你的出现，再次给了我梦。这梦温暖过我，给过我无数的力量与遐想。那么就且让他是梦吧，有些梦不实现又何妨呢?

我小心地拾起我的梦，将其打包装进回忆里。在塞满了人和事的记忆里，掘出个空位，以便我回忆时能在这拥挤的空间里准确找到你。

这些年的新闻理想

你可能一直迷茫着，被人推着做了许多事，可就在不怎么情愿的路上你却意外地找到了自己的梦。你也从不曾想过你会在这条路上走得如此坚定。所以你不必急，路慢慢地走就明了了。

我做过很多的梦，都是些不切实际的。你可能会认为我悲观了，是的，你不努力走近它，那梦也只会是空中楼阁。

这让我想起了《职来职往》中雷明老师在谈及梦想时说的一句话：很多人轻言梦想，这两个字都被说烂了。可你真的为“梦想”两个字哭过吗？你真的为它奋斗过吗？你真的为它狂喜过吗？你真的为它站在那儿恋恋不舍、撕心裂肺过吗？

我想很多人在“梦想”面前都是惭愧的。

这些年的新闻理想，在坚持，但我还在门外，还有一段不知宽窄的距离。

一

人生的第一次实习经历是大一暑假在地级市的报社里做一名新闻采写

的实习生，同去的都是同门学姐，我抱着被批评和学习的心态开始了一个月的实习之旅。很幸运，我成了记者部主任的徒弟，但也惶恐。主任的徒弟，应该要做得更好一点吧？

第一天被安排着对市区诸家游泳池安全问题做一个采访，独自一人。虽在这里生活了一年，但对当地的方言还如英语般陌生，但是被采访者很友好，一直在努力地用蹩脚的普通话与我交流；交通路线也很模糊，一路寻路、问路。采访相当吃力。虽在学校里也做过一些采访，但我的那点知识在走出学校后多少有些渺小，远远不足以应对现实。于是有了如何将学校里学到的知识应用于社会的困惑。

我为什么要大一就来实习，为什么不好好沉淀自己，大二、大三实习不可以吗？突然一下子就迷茫了。可是记者不是你蠢蠢欲动的梦吗？大学给了你一个梦，那么也算不虚此行吧。

我迅速调整自己，将写好的新闻稿发送给师傅，内心开始忐忑，一个人对你的评价在那一刻变得极其重要。师傅回复说：“稿子干净、简洁、不错。”看到这个消息后，我像打了鸡血一样，忘记了一天的疲惫，然后将我的喜悦，悄悄地写进日记本里。

接下来的几天，是随同师傅一起采访的，有人陪伴采访多少有一些看热闹的心境，很激动。于是采访里有了游山玩水的兴致。后来师傅在车上告诉我，我们要去县里一个山村采访一名考取名校的贫困生。以前采访他都只是给我分配任务，从不干涉我的思维，也不给我一些条条框框，也不给什么经验总结，可是这一次，他从采访的话题设计、问题应对、素材整理等方面一一分析，我深刻地感觉到了这次采访的重要性。压力、担忧一扫出远门的兴致。

车在曲曲折折的小路上行驶着，望不到尽头的山峰绵延不绝，零星的村落伫立在浓郁的树林中。我们要前往的是黄冈团风县肖石坳孙家湾，一个半小时的路程，像是一场“奇幻之旅”，颠簸的山路，陡坡与缓坡的巨大差距，真有惊心动魄之感。

烈日下，一个瘦弱的小伙子正蹲在门口的那片谷子地里，用双手翻动稻谷，看到记者前来，立刻丢下装稻谷的袋子，走进那间用红砖堆砌而成的小瓦屋，热情地给大家分西瓜。我知道了，这个男孩就是我的采访对象。

他邀我进屋，屋子里空荡荡的，墙上挂着泛黄的日历，屋里摆着一张陈旧的老式桌子，屋子的地面是凹凸不平的泥土地，房间里绿色的柜子，早已失去了最初的模样，变得破败不堪，甚至有些摇摇欲坠。此情此景，看罢，不禁沉重。

与他交谈时，我渐渐知道，初一时，他的爸爸和妈妈离异，全家的担子全都落在了爸爸刘子清的肩上，初三时，爸爸患病，中风了，他的学费突然之间没了着落，年迈的奶奶也无人照顾。生活开了个大玩笑，让原本拮据的生活变得祸不单行。两年的治疗，爸爸能走路了，但因为孩子的学费不得不带着病开始了打零工的生活。

“爸爸从来不给自己买一件衣服，总是省吃俭用，夏天永远都是一件格子衬衣，今天穿了，晚上洗了每天接着穿”。我看到那天他父亲仍旧穿着那间衣服，但再也看不清衣服上的格子了。在谈及他们的生活时，始终微笑的他眼角泛出了点点泪花，哽咽了。他低下头去整理自己的情绪，不一会脸上又洋溢着灿烂的笑。我很想去安慰他，但在那一刻我只能是一个聆听者。

“尽管生活好像并不那样宠爱我，物质匮乏，亲情缺失，但我还是活着，我想它总会给我一个走下去的理由，而且还会让我走得更好，因为生活不可能永远都是黑暗的。”他的这句话让我印象异常深刻。

是的，路在前方，可他却不知怎么走。

“奶奶、爸爸，我被山西中北大学录取了，我终于可以走出大山了，我甚至可以出一次湖北省，可以去外面的世界看看了。”在得知自己的录取情况时，这个坚强的小伙子突然哭得像个小孩。其实在他心底，录取结果是一张通往前方的车票。可是车票的那头却没有彼岸，四年的学费哪里来？就算有钱，可是家人不会使用银行卡，又该怎么办……通往大学的路上那么多的障碍，每一个障碍似乎都足以撕碎他的大学梦。

无论是谈及他孤单的童年，还是举步维艰的现在，在眼神望向我的那一刻他一定是在笑的。现实纵然艰难，但未来总是值得期待的。他告诉我说：“我选择飞机设计专业，最大的愿望就是通过自己的双手，造一架自己的飞机，然后载着爸爸和奶奶遨游全世界。当然还希望自己能在家乡建一所小学，让更多孩子走出大山……”关于明天的设想，他脑子里有太多的期待，见自己说得有些多，不好意思地连忙打住，然后很羞涩地笑着说了句：“我是不是很贪心？”我赶紧回应道：“不会呀！我还多些呢。”

我想不管是他狂妄的或是卑微的梦，时间一定都会帮他实现。

我走的时候，他送了我一本全英文的书，这本书是他在考试中取得优异成绩的奖品。我推辞，不敢收。但我知道，这是他对我聆听他心声的感谢。坐上车的时候，他还是将这本书塞进了车里。尽管我看不懂，但我很珍惜。珍惜这个来自大山深处的坚强男儿给我带来的感动。

如果你只是一味地沉浸在苦难里，然后让媒体去标榜苦难的不可饶恕，那么观众回应的背后只会是同情，真正让人震撼的是超越苦难，逆流而上的人。

消息一出，没多久就收到有人援助他的消息。我高兴，不是因为文字的力量，而是这让我看到了一个温暖的社会，它在告诉我：有梦想的人一定不会被时代落下。

接着做了一系列困难学生的采访，每一次与他们接触，你都有对自己活在安逸中丑态的鄙夷，你会更加清晰地剖析自己。

一个月的时间，采访让我接触了形形色色的人。有身陷囹圄的官员；有游走在社会边缘的民间艺人；有高危作业的工作人员；有怀揣大梦想的“小人物”……他们的故事在你的眼前徐徐展开，不一定动听，但却真实。

时间好快，一个月的实习旅途，结束了。师傅说还待一个星期吧！但毕竟还是要离开的，于是狠着心道了别。离别其实早有准备，真正到来时仍有措手不及之感。师傅开车把我送上了车，坐在车上，开始好好整理这一个月的心情。

一个月的点滴，都让我觉得如此美好。尽管这一个月来，我是没有周末的，每天都很匆忙，可却忙得很快乐。我不会忘记第一次写稿，等待师傅宣判结果的样子，当师傅说很不错后的激动；不会忘记，顶着烈日去拍照，可拍出来的照片被师傅说不好看时的难过，也不会忘记师傅带着我去漂流时的惊心动魄；更不会忘记写稿时自己认真的模样。好多的不会忘记……第一次走进大山，知道什么叫山里的孩子；知道了文字可以帮助困境中的人实现梦想；知道了记者是一个很辛苦，但苦中透着几分可爱的职业。最主要的是，我知道我的选择没有错。

曾经离开的时候会担忧，这一个月来认识的人会不会是只是短暂的相交线，后来发现，我们还会经常相见，还会再次在饭桌上谈起各自的新闻理想。师傅也不忘时常鼓励我，过些时日就会问我粗心、爱写错别字的毛病是否在一次次的磨砺中改掉，是否在一次次的采访中找到了让自己最舒适的谈话方式……

现在回忆起我的第一段实习经历，我都会觉得那是一段无可复制的岁月，也正是那一次快乐的旅行使我在这条路上走得更加坚定而有力量。

二

大二暑假，我在武汉晨报实习，那是我的第二段实习经历，印象最深刻的是武汉的炎热，以及大片时间的孤独感。

我本想去做文字记者的，但是岗位已满，我被分配到了新媒体部。我知道新闻媒体部是做什么的，但毫无兴趣，一想到我要与一个没有兴趣的东西相处一个月，就想要放弃了。但是既然来了，怎有走的道理？那我就试试吧，在说当时正处在纸媒的转型期，新媒体已是不可逆转的潮流，大势所趋。

没想到我的实习只是对着一台电脑，然后机械地去操作，把每天别人已汇总的东西编辑好后，大体都很清闲。我内心深处是拒绝这样的生活的。过了几天后，除了带我的姐姐外，其他的人都是有采访的任务的，我仿佛看到了一丝光，分外惊喜。于是和每一个哥哥姐姐说，只要你们出去采访，我都是愿意和你们一起去的。他们也有自己的实习生，所以带我出去的次数并不多。最大的硬伤是那年 7 月至 8 月，整个报社好像都不怎么忙，是不是与武汉的热有关呢？

不忙的副作用就是你会有时常找不到存在感的孤独。从报社到住处，走路需半个小时。武汉的正中午，让这半个小时像一个世纪一样漫长，路好像怎么也走不完，只是在不停地左拐右拐。这半个小时里，我好像什么也没有想，脑子空白得让人难以忍受。

这个城市带着机械的轰鸣声，这声音虽扰乱自己的思维，但却是一个城市发展的前奏，是每一个人都在经历的当下。城市在不断完善，但不知道在这钢筋水泥垒砌的城墙中，人们的心是否坚固？又是否觉得孤独？

我穿梭在楼与楼、车与车之间，总有一种被这个城市可以轻易删除的感觉。初来的那几天，孤独如影随形，催生寂寞在发酵。

我知道我得在这个不忙的环境中找些事来远离孤独了。

歆姐是报社中第一个带我出去采访的人，我们要对武汉一年一度的“渡江节”进行采访。武汉的七月，本该是与炎热对峙的，可是那天却降了温，还下着小雨，站在长江桥头，冷得哆嗦，我穿着个短袖伫立在江风中。我的任务是采访现场不同方阵的参与者，那么目标就定位在有特点的人身上了。我也不知道哪来的勇气，居然和一个外国人攀谈起来，“Where are you from?” “What’s your name?” “Did you came in china?” “How do you fell now?”像这样的句子我还是可以说几句的，当然也只停留在这个水平上。深层次的挖掘，就是一个一个单词拼凑的。从交谈中，我发现，他懂的汉语比我懂的英语多，所以采访还是相对很顺利。

采访结束后，我要求与他拍一张合照，他欣然同意，并摆出了中国人常出的剪刀手。这张照片还一直存在我的手机里，每次看时都不免发笑，笑我的英语水平，也笑照片上我们同时摆出的剪刀手。

和胖哥哥出去采访是下乡了解一地区近百亩松树林遭毛毛虫袭击的现象，胖哥哥和同去的摄影师都很幽默，车上笑声不断，让我看到了一名记者最舒适的一面。一路看风景而去，来去 6 个小时，写稿子时，就有人说这篇稿子可能不会被发出，像是接下来的一个提前安慰。

但是胖哥哥和我还是执意写完。写完后，我从未有过的疲惫，只因为这疲惫里夹杂些无力感。

果真，稿子被上级压了下去，没让发出。事实写在那里，但抛出却牵涉各方群体，不是所有的真实媒体都有足够的勇气与人说的。

结合我的第一经历以及这一次面对事实的引而不发，我对媒体有了一个新的理解，有不得不写点什么的冲动。可是那天眼皮与意志在斗争，我就要写不下去了，什么总结、什么心得都消沉得厉害，厌恶起自己看出点啥后不堪一击的样子。我说服自己睡去，我知道新的一天，我的新闻理想一定还是巍峨的。

三

知道规则，但不逃避而是正视它，反思和寻求解决之道应该才算一个有情怀的新闻人。

于是有了下面的文字。

新闻人的“不自由”。

在解释这个问题前我想借用白岩松说过的一句话“新闻工作者是这个时代的瞭望者”，这句话是对新闻人的高度概括，更是表明了新闻人的重要性。那么，作为时代的瞭望者，他们的不自由是不是值得每一个人、甚至社会的思考呢?

如今新闻人的“不自由”是个人思维和媒介管理体制共同影响的结果。

每一次去采访，尤其是去采访一些负面事件的时候，就会开始担心，去了、了解了、写了能通过么，当然很多时候你“挖”出来的东西有时真的是石沉大海的。开始的时候，会去找编导或者编辑争论，可是有些问题又怎是你去争取就可以解决的。于是后来学着去绕开这些话题，不再做无畏的抗争，像是无言的妥协。

我一直记得《东方时空》曾经的制片人陈虻说过，话的原意我可能已记不清，但大意是这样的“有些东西不是不能报道，而是有角度的报道，或许你的尝试会是一次大的革命，如果上面领导发现播出后也没有什么负面影响，于是这些不敢触碰的问题就打开了一个缺口。”其实，我们之所以面对很多话题都望而却步，就是因为我们自身思维的“不自由”。我们的脑子里有太多拘禁和不可以，习惯在约定俗成的思维里成长。抗争和尝试无果后，又太易接受“走不通”的现状，终于没能逃掉“循规蹈矩”的生活。

中国是一个关系网络织起的“人情社会”，“遇事找人”的心理似乎已经根植于人的灵魂深处，于是培养出了一群不敢承认自己责任的中国人。但不可否认的是，依旧有人在用心发声，勇于同社会的顽疾作斗争，写着那些事实存在但又刻意回避的问题，对那些坚持用灵魂写字的人，我们抱着深深的敬意。

无论是电视台还是报社每一篇稿子的发出都有严格的“把关人”，一旦字里行间或者事件本身播出或者刊登后会涉及纠纷问题，稿子与世人见面就变得坎坷了，稿子不是束之高阁就是改得面目全非。“怕事”的心理便展露无疑。

诚然，这个社会上不自由的不仅仅只有新闻人。但是代表这个社会喉舌的一群人若不能发“自由”之声，那么这个社会其他更大的群体对自由的呼声又有谁来予以传达，那么在法律范围里应该被赋予的自由会不会只是空中楼阁，犹如夜空里的星星，虽然美丽，但却永远无法触摸，终将成为人们心中遥远的梦?

我想每一个即将走向或者已经是记者的人们，内心深处都住着一颗匡扶正义的心。但为什么后来的后来这颗心都渐渐归于平静，不是泯灭了，而是随了沉默的大多数。用无数条条框框搭建起的世界，新闻人该如何动弹？偶尔仍有人会用文字来撞击铁环的声音，只是回声还太过短暂，不是被扼杀在响起的路上，就是在发声的开始。

很多人感叹新闻人的能动性太过微弱，关于“假恶丑”的选题总是如履薄冰、战战兢兢。于是有了民主、法治会不会也只是形同虚设的担忧。这样的假设似乎略显悲观，可能现在我们无法瞥见这些空白背后藏着的巨大黑洞，而这黑洞真正吞噬掉的是什么，我们也不得而知。我们可以乐观一些，相信新闻人的“不自由”只是社会发展的过渡期，自由一直都在路上，只是追求自由之路还太过漫长，所以，我们还没能望见自由的康庄大道。

那些被藏着掖着的话题，是刻意弘扬正能量的一种表现方式，还是对“假恶丑”的纵容？我想很多人心中一定都有答案。

当然新闻的自由不是个人主义情绪的宣泄，而是在法律范围内能够客观、真实地去报道。有些问题拿出来晾晒不是为了激化矛盾，而是为了寻求解决之道。

在孤单的路上不回头

有评论家说“孤独感是一种时代病”。有人在孤单的路上竭力寻找出口，也有人在孤单的路上绝不回头，我应该就是誓死不回头的那一部分吧！

前不久在新华网上看了一思客的一个观点“那些明明知道社交的好处仍执意要放弃的，才是真正享受独处乃至于在独处中不再孤独的精神生活家，他们有独自饱满的灵魂，不为外物所撼动，生命价值的根基源于自我更新的快意中。”这句话在某种程度上与我有着百分之百的契合。当身边的人与我开玩笑时说你走上了一条孤单的路，像还很骄傲时，我就用了这句话来应付。

后来想想，其实不是孤单这件事让人觉得骄傲，而是孤单路上的那份从容感给了你骄傲的底气。又或许孤单其实只是一种生活方式。

一

我是一个特别没趣的人，没有一副好嗓子，能够在众人面前显摆，五音不全，只得沉默；也不会摆弄身姿，跳出个妖娆。唱歌、跳舞、弹琴之类的都需有后天的培养，而读书只要会认字便可拿来看，是孤单时最易得的陪伴。殊不知，看书本是一件孤单的事。

后来，去了城里读初中，唯一的感慨就是“城里的孩子真会玩”，于是文字就成了抵抗生活的一种方式。可与文字有关的人也是孤独的。

可渐渐喜欢上了这种方式，不愿回头。因为在文字里，你不需顾全大局，不用虚与委蛇，也不用在难过得快要死掉时还死撑着说自己很快乐，你可以很舒适地做你自己，不用在乎这样是否完美，是否被大家认同。我始终认为文字是可以洞悉一个人的灵魂的。

过了很多年后，也在保持着写日记的习惯，只是越长大写日记的频率日渐稀疏，很多心情被生活挤压，人不知浪费过多少时间，却又在乎起写字的那么一点的时间。

突然好奇小学五年级时写的日记，那时会写些什么呢？日记本是一件很私密的东西，我锁入了箱子的最底层，长期不曾触碰，锁已生锈，虽钥匙仍在，但也打不开了，于是就让它锁着吧。可能文字也无非是“今天天气怎么样”“谁和谁不和我玩了”“今天有些不开心”等等吧。再深刻的秘密时隔如此久也应该淡然了。

而如今写的日记，写完也懒得看。我们每个人内心深处都住着一头猛虎，它需要时常去安抚，才不会嘶吼。文字不失为一种良好的安抚方式。

于是你在孤单的活法中渐渐习惯。

你可以在室友还在睡梦中的时候，早早起床，轻手轻脚地拧亮灯，开始记单词，默默地为雅思、托福努力着，因为你知道当你有一天走出国门时英语是一定用得到的；你不想四年过后，只有年岁在增长，你总得在这些时间里练就一技之长，至少要在某一个方面是不可取代的；你在学习工作的间隙里，去图书馆，找自己喜欢看的书，因为你知道灵魂是需要书香浸润的，这样你才不会浅薄……一路上，遇见的人好像就你欲望最多，而他们都活得没有太用力，也一样很快乐。你看上去又觉孤独了。

年轻的时候，对自己总有太多的不满，不甘现状，却又不知该往哪里使劲，这也想要，那也想尝试，然后在负重里丢了初衷，找不到来路，也不明去路，于是抱着努力总是有用的心态在那里形色匆忙。

正如刘同说的那样：谁的青春不迷茫呢？我们都要在迷雾中穿行很久，才会日渐明白自己要去往何处，知道了自己要去往哪里，也就少了在路上徘徊的疲惫。

你满腔热血的上路了，以为自己实习经历很多，还能写几个字，拿着本科文凭去应聘，发现很多单位门槛也都没有踏进，才知现实的骨感；看了许多电影，呕心沥血几晚上写的剧本被批说内容俗气，结构混乱……所有的坏事情在毕业前像是约好了的，一齐登门。

你在大学里积攒的信心，还没真正走出校园就被透支。斗志这东西，竟可以呼之即来挥之即去，被自己处理得游刃有余。

整个6月心像是被堵塞的湖泊，乱七八糟的脏污淤在湖中。这时写写字找一本书看看，最合适，总比你刻意夸大，在负能量里咆哮要机智得多。人总会偶尔迷失于这世间，若不时常看看地图，就会忘记你在这个世界上所处的位置。

其实人是不会那样容易被打倒的，生活也不会一直破败不堪，你会在无数次失落过后仍打着鸡血生活，做着风一样的女子。

很多人说我骨子里有股狠劲，是的，这股狠劲在血脉里倒腾。可是慢慢来才比较好。我记得我每年大学暑假，都急着想挣钱，母亲很反对，说实习比挣钱好。她说：“你们这个年纪的孩子，都迫不及待地想要成功，却没有想到要迫不及待的成长。”

六月后，我再次踏上那条孤单的路——继续写着字。

二

每当我觉得与这个世界格格不入的时候，我都会想起在大学里认识的学长风哥。他应该算是我们学校的“大人物”了，是一个小鱼缸里一条长得不错的鱼。拍得了片子、剪得了视频、写得了剧本还能演，导了不少微电影，获了很多奖，因此有了“吕导”的称呼。这一称谓传到我耳中时是大二，我对一个能编能写能制作的女导演充满了敬畏。女生对技术这东西有着天然的盲区，机器上的按钮倒腾很久也没摸出个一二，没有男生熟悉得快。于是所有要涉及技术的作业我们都本能的托付于男生，女生写写字也就得了。一个人不会会觉得很羞愧，一群人不会反而洋洋得意了，因为愚昧一点也没有让你孤单，很多人都很愚昧。

没想到一女的竟能在技术领域与男生相媲美，真想一探究竟。学校记者的身份最大的好处就是可以名正言顺地去采访你所好奇的人和事。我想这样的一个女生应该是身边的典型形象，我在心底默默地勾画着“她”满载正能量的样子。

“她”是外院的，知道这个消息后我倍感惭愧，我一编导专业的都没有导出一部像样子的作品，虽同一学校，但人与人的差距都可以用十万八千里来形容。我在这个不大的校园里寻“她”，外院的人居然用异常肯定的语气告诉我说没有这样一个女生，倒有一个男生。原来我一直把他的性别看错，不知道风哥有没有责怪我的马虎。

风哥原名是吕逸枫，因为走路来带着风，于是熟悉的他的人就喊他风哥。他走起路来倍儿有精神，像是用生命在走路。风哥不帅，一副老好人的样子，但拍电影时，就特较真了。演员、服饰、道具、场景一点都不将就。

一个镜头反复打磨；一句台词多一个字少一个字都有讲究；演员的表情、眼神都会细心拿捏。我常常夸赞他有匠人精神，笑着说他将来一定会是一个不错的导演，他从不谦虚着说哪里哪里，总之对待褒奖是不回应的，生硬地切过话题，像是电影中突兀的转场，“每次看到你都在笑，很乐观。”最后谦虚转移到了我这里，“哪里哪里，我是怕麻烦，笑着生活会更简单。”

我们很多人都以为成为一名导演是他的爱好或者说是梦想，殊不知他的梦想不在这里。

毕业后，他没有选择与英语或者导演有关的工作，而是当了“横漂”，丢掉了这所学校给他“吕导”的光环，从零开始，踏上了演员的路。将人生重新洗牌一定不是一时兴起，应该是早已做好的谋略。

旁人不解，总会武断地去评价一个人的选择，然后又自以为是地说你走什么什么路会更容易，指责你的瞎折腾。其实没有哪一条路真的是容易的，但一定有你不容易走却愿意而且喜欢走的路。

很多人都跟随别人的心在活，很少人会顺着自己的心意走。

但有一点是可以肯定的，风哥是孤独的。

谁说能导片子的导演就演不好一个角的？拍摄了很多著名电影的冯小刚，在电影《老炮儿》中将六爷这一形象演绎得无可挑剔，不负众望，在2015年成功摘得“影帝”的桂冠。看完《老炮儿》后，真心觉得不错，第一个想到的是风哥，于是推荐他去看，并且加了很多感叹号，表示一定要去看的意思。

自从风哥去了横店后，我们会下意识在打开电视后寻他，想着他会不会作为某个路人甲而出现在电视里，应该会的。

三

2016年，带走呼啸而过的2015，站在2015的末尾，感慨万千，惧怕起2016年的到来。

又是一年除夕夜，寡淡的夜晚，嗅不到一点年味。反而更像是一场连接过去和未来的总结大会。我在细数即将逝去的这一年里的得与失，畅想着看得清的或者仍旧模糊的未来。

每年除夕的晚上都一样，一家人围着看春晚，发祝福。我是那种不喜欢群发祝福的人，觉得像模板一样的祝福语，会失去我要的真，也会稀释了原本的情。我习惯对我想送祝福的人说一些去掉“官味”而“接地气”的话，换句话说就是一句不雷同而且字里行间有我和她的故事。

我就静静地坐在那里，任由回忆在现实的沃土上肆意撒野。

家里一点也不闹，唯一喧腾不止的是手机。可能是我和弟弟都远离了玩鞭炮的年龄，处在没嫁也不娶的尴尬地带，没了庞大的喜悦也没有巨大的失落，只有一颗平静的心，在春节里游荡。于是我们比任何时候都更依赖手机，看着手机上的祝福信息，我知道有些人近了，又有些人远了。不得不承认，身边的人在做减法。于是每年除夕，总会给我一种莫名的悲观，积攒了一年的坚硬在淡漠的人情里被削弱得所剩无几，这么多年，不是早已习惯了曾经亲密无间的人的不再联系以及有些亲人的不闻不问么，只是没有存在感的现在总是压抑着想飞的未来。

2015，我应该、貌似、算得上、可能认真走过。还是有那么一点心虚，所以刻意地加了很多的修饰词。

除夕的前半晚基本在回忆，后半夜就只剩不着边际的盲目欢喜了。

那个晚上我想到了很多人，有些甚至是疯狂的想念，还想起了一个不愿意长大而注定孤独的孩子——彼得·潘以及独自一人生活在一个拥挤的星球上的小王子，不知道为什么总在极度热闹和喜庆的日子里想起他们。但在这里我想说说那天我与风哥的简短对话，怕读者在突如其来的除夕夜里忘了还在孤单的风哥。

我想除夕的晚上很多忙的人应该也停下了吧，我发消息给风哥，祝他新年快乐，相信能导片子的女导演也一定会是一个好演员。故意开玩笑说他是女导演。

“还有些事儿，忙完了待会回复。”这个待会过了很久，《春节联欢晚会》都已经结束，但我在后半夜的盲目欢喜里继续欢喜着，没有睡意，看到风哥发来的消息是凌晨 3 点，“赶着把 2015 年的事做完，没想到还是拖到了新的一年，在家过年一定很欢乐吧，我还在横店了。”

“那你有朋友留在那里么？风哥刁刁的。”我疑惑。

“有的，春节和他们一起过，这里挺热闹的。”

“在那里一年觉得怎么样了？”发送之后才发觉自己，又一次地在采访他而不是问候他。

“一语难尽，大多数时候都觉得失落，一个人的时候居多，但还是不停地在抗争吧。”我知道一年的横漂生活，一定有太多的苦涩，而失落又是极其抽象的东西，没法具体的。

对于风哥来说，回头已是险滩，向前，纵使孤单，但也豪迈。后来他用过来人之语给我瘫软的骨骼里注入了新的血液，勉励之语暖人心。

当你知道这世界上有很多人如你一样，走在孤单的路上，仍视死如归时本身就不孤单了。我盲目的欢喜里终于有点缘由了。

这欢喜里还裹挟着此起彼伏的鞭炮声，我沉浸在臆想的世界里不能自拔，悄悄地给 2016 年许下了许多的愿望，比如接下来的一年自己要怎样怎样的。我深知，很多东西不是一年的光阴就能给予的。正如小时候，我有个猖狂的梦，想成为圣人（总之是伟人那一类的人），可如今这么多年过去了，我仍旧是大千世界里普通得不为人知的那一位。但我仍旧希望我永远不失这个大大的梦想，尽管未来我都可能无法为我儿时的狂妄买单，可我还是希望，2016、2017……所有的时光里永远有努力做圣人的情怀。

新年的第一天，世界好喧闹。鞭炮声、祝福声、串门声蜂拥而至。一直感叹于自己生活的一成不变，身高体重、现状总停留在老地方，唯一生长的是脸上的暗物质，在徒添年岁。但我坚定不移地相信，有些东西在悄然变化，只是我不知晓。我已不再对狭路相逢的雨和不期而至的风有着敏感而易碎的心，我的世界像是寂静无声，可灵魂深处却始终有一颗“不安分”的心，它像一个调皮的小鬼，总试图捣乱这平静的世界，制造点声响，可又总在喧嚣不止的环境里极力逃脱，寻求片刻的宁静。我知道，真正的幸福一定不是无声的尽头也不是喧闹的边缘，而是二者的中间地带。我想这样的幸福才刚刚好！

所以对待极度的喧闹和冷清，我都略感无力。想逃到孤独的那一边去。

20 多岁的人，总把身边没有人一起吃饭、走路当成了独单；身边的人都不固执唯有自己是，又觉自己是孤单的那一个；大家好像都没有太用力地活着，而你却拼命地在生活，于是又觉孤单……你孤单是因为你把自己放进了一个圈子里，当你跳出你的圈子时，你会发现很多人都是一个人上路的，拼命地不只有你，孤单者同盟阵营是强大的，这时就算孤独，灵魂也丰盈。

真正的孤单不是你与这个世界的格格不入，而是没有灵魂的共舞者，你在台上浑身解数，婀娜多姿，台下却没有一个懂舞的人，只有随声附和着随大流拍手叫绝说“好”的人，你在一阵阵掌声中体会的是虚假认同的空洞和虚无。

我们要花很长时间去寻找一种让自己活得最舒适的生活方式。我时常孤独，也时常觉得幸福。当我知道，在我醒来后，会有我喜欢吃的早餐；当疼痛了很久的双腿，还能动弹；当丢失了的四叶草，突然找回……都会让我觉得很幸福。当你发现，孤独与幸福感无关时，那么，孤独一点又有什么可畏惧的呢？

不要理会这个世间

一

邮箱里的邮件堆得满满的，投稿者大多是些常客，这次却不见一个叫“凶刀”的投稿者。自从上次因为校报是否应该刊登一些直面自己内心阴暗以及男女情爱的文章而争执。那次他投来的是一篇散文《窗》，我删了一段这样的文字“ 每一个窗外总有一个季节。秋季似乎不是一个季节，而像是夏与冬的挣扎。秋就如同一位未经开垦的处女，还没有形成自己的个性，便被夏冬两个恶霸霸占，早晚沉沦于冬，中午又屈服于夏，被蹂躏得面目全非。”理由是校报作为学校的党报，是校园的主流媒体，思想要积极，文字不可太裸露。愿他按我的要求加以修改，他回复了两个字：迂腐。我能想象得出他气愤的样子。

后来，我与他就此问题聊了很久，当然他没改，于是这篇文章就弃置了，只是想起来时会觉得很可惜，因为它真的是一篇与众不同的文章。在一次做书评栏目中，我想起他，我向他约稿，我说你可以相对很自由地谈谈你喜欢的外国文学作品，暗示他虽自由但也要符合校园的道德标准，是积极向上的。当天他就发送了稿件，写的是马尔克斯的《苦妓回忆录》，这本书讲述的是一个孤独的老人与一位妓女的爱情故事，书的封面和内容情欲色彩很浓。我没有看过，但他的文字将这些敏感字眼一一解构，彰显的是对痛苦的理解和尊重。我同意采用，却被老师弃之。我深刻地知道其缘由，我让他换一本马尔克斯的书来分析，他再次拒绝。我想改了就不是凶刀了。

但是那件事之后，我开始想一个问题，那就是怎样的文字才是好文章?是胸怀家国天下用批判的口吻审时度势的鲁迅，他那如匕首一样的文字；还是描写市井生活用细腻的笔端直击人性的张爱玲，她那精致而悲伤的文字；抑或是恣意坦诚病态用忧郁的情调自我解剖的郁达夫，他那真诚又赤裸的文字……我想这都是值得学习的大家，他们之所以有自己独特的风格，大抵是比一般作家更会坚守自我的写作风格吧，而不是从那个人那里学一点，这个人这里学一点，学得既不像某个人也不像自己了，这与邯郸学步应该没有什么异样。

我看过他投来的很多稿件，如诗歌《失去》：

静坐在床头

直到晨风把我的心

吹出皱巴巴的声音

又一次的又一次

……

给我未来的妻子写一封信

我怕我遇见她的时候

已经再也写不出柔软的情诗

可还没等我写完

困意就将我斩落

半梦半醒之间

我看见一辆青铜色的灵车

碾压过我的身体

还有诗歌《开始生长》:

……

我们只有品尝良辰、烈酒

和顽固的幼稚

蜘蛛网上

谁也别想逃

若你们在这诗歌里难看出风格，那么下面的一篇《拟遗书》，其风格就不明自了了。

我想抚摸每一个像我一样的失败者腐烂的心灵，我想为失败者写书，告诉他们不要理会这个世界。

请原谅这么一个我，当我还是孩子的时候，我心中也曾有光，也曾想要爱身边的每一个人，也曾拥有纯澈的灵魂。

也许到可爱的死神叩开我的门时，我会想，如果有来生……我希望没有来生。

我节选了部分，文字里都带着痛感，像是随时都可以与这个世界决裂一样，又毫无保留的悲观和厌世。可是这样的文字就不好吗？我想很多人看了，会觉得他是一个不错的写手。

喜欢粉饰自己灵魂的人太多，直面自己内心黑暗和丑陋的却又太少。他一次次地用行动证实这就是他的样子，而我总试图在他坦诚的文字里加一束光，将其塑造成一个在黑暗里奔跑的逆行者，迎合时代主旋律，向着“中国梦”的思想靠近。我忘了，他是想为失败者写书，告诉他们不要理会这个世界的独行者。

二

认识一个人总是毫无预兆的，就像我与凶刀，他一直在投稿上用的笔名，所以我很久才知道他是我同一院系并且同专业的同班同学，世界一下子变得很小了吧。那时我在学校担任校报四版主编，刊登在四版的文章稿费每篇20元，在没有发生争执前，他投得不亦乐乎，或许他压根就不知道有稿费这么件事吧。

撇开投稿这件事，我们在其他方面还是可以说些话的。他三分之二的生活费用来旅游和买书。他是那种说走就走绝不拖泥带水的人，背一个双肩包就可出发；他爱看书，每次都是一摞书一摞书地买，对书很讲究，若借你看的书，褶了皱了他一定可以和你“杀”起来，绝不会顾及情面的。家的墙面都是书，全都是外国文学，和他谈话能够感受出他一东方人深受西方文化的影响，思想很前卫，很开放，我在他面前就是“老古董”了，很多次交谈因为小女生的羞涩而终止。

对于电影我们喜爱的风格也是迥异的。他尤爱导演昆丁和库布里克的作品，像昆丁的《低俗小说》《杀死比尔》以及库布里克的《发条橙》《大开眼戒》，你若和他讲，他一定口若悬河，但对于血腥、暴力和性泛滥的电影并不是我钟爱的题材。我说我超爱看《哈利波特》系列，是一位哈迷时，他嘲笑了我许久，说这是他6岁时看的东西，看了开头就知道结尾。他对我做哈迷这么多年很费解，就像我不理解他喜欢那些暴力美学一样。我喜欢法国文学，可能是因为法国的浪漫，于是连着文学也一起爱了，像法国的巴尔扎克、莫泊桑、司汤达……的作品至少也看过两部以上，但最喜欢的看后激动无眠的却是大仲马的《基督山伯爵》，这种英雄主义式的书籍，我在推荐他看时，他表示看不下去，这是对我喜爱书籍的变相讽刺，让我不悦。尽管在很多方面我们是南辕北辙的，但是仍有些电影和书籍我们是可以达成共识的，像导演李安的“家庭三部曲”，堪称是中西文化合璧的经典之作，《小王子》《彼得·潘》这类的童话之作我们喜欢得很默契。

我记得有一次我们在谈论中国当代文学时，我们说起了老舍，我说他的中篇小说《月牙儿》写得很好，展现的是一个在时代洪流中的一个女性悲剧的命运，有一种在饥饿的年代里女性臣服于污秽下作的无力感，所谓的道德、贞洁都不如活着高尚，看后让人很心疼……我还没有说完，他在一旁反驳我，“中国的文学作品总是被时代绑架，束缚在家国里，就不能跳出时代来写点超越时代的东西，跳出固有模式，不是会看得更清楚吗？”“我们都是时代的产物，谁又能置身事外。”接着他就给我罗列了一系列西方的跳出时代的作品，当时被质问，窘迫得脑子里一片空白，他说的所有作品都被过滤了，好像只记得他不认同那振振有词的样子。

我想这就是思想的交锋吧，没有一个面红耳赤，也碰撞不出什么不一样的火花吧！很奇怪，有些争执并不会打败友谊，它会让友情更加牢固。

在学校路上遇见他，一般都是在出羽毛球馆或者乒乓球馆的路口，他浑身湿透，身上背着羽毛球拍，骑着单车，身旁跟着一群不知名的小女生，追逐打闹。有时困惑，他外表与人相处都甚是阳光，可是内心深处却幽暗得很，那些绝望和阴冷的文字到底与一个人的外表又有怎样的关系？

他打得一手好球，每年学校的运动会羽毛球比赛稳稳地拿第一，也参加过省里的很多比赛，也拿了不少奖。有时我会与他开玩笑说：“你早应该打球的，说不定早进国家队了，比你当作家快多了。”“不不不，你知道福楼拜说过一句话么‘写作就像狗过的生活，却是唯一值得过的生活’。”玩笑话里若含否定他的坚定之处，应该都是对他梦想的践踏。

三

太好的球技以及漫不经心的生活方式总是让我忘记，他是励志要当一名作家的人。和他不熟我觉得他的生活很简单，看书、写字、打球，相处后才知道他的生活复杂得很，谈女朋友的时间像车间上的流水线作业。他那快餐式的爱情消费观令我嗤之以鼻，今天才告知分手的，明天又冷不丁地带一个出现在你面前，说是他的新女朋友。然后大家沉浸在他重获爱情的喜悦里，只可惜这喜悦像花一样，总有四季，在枝头没绽放多久，就滋养了大地。

刚开始，身边的朋友会送些安慰，说“感情这事嘛，总会过去的”，渐渐地大家都已经习惯。于是在这样的环境下，他自我疗伤的功能在与日俱增。

在我眼里，重新爱一个是难的，过了很久，我都没法放下一个人，释怀一些事，他却可以轻易做到，这让我很佩服。

大三时，我们在选修课的选择上都不约而同地选择了文学课，课上老师给我们讲解了不同的爱情观，当时我脑子里关于爱情的很多困惑在那一刻爆棚，想要寻求答案。“男生对待女生固执的爱是怎么看的”“男生最忘不掉的是不是初恋”……很多如今看来很弱智的问题，我炮轰式地问了坐在身边认真听讲的凶刀。接着，我们各自讲了自己的爱情故事，那一节课，老师的声音被我们直接屏蔽掉了。我不懂男女之间的很多事，更不懂男生，在与他谈话中我明白了这个年纪应该明白的东西，尽管我的困惑仍在，但是正如他说的，不必急，时间会让你懂的。他说这话时像一个历经沧桑的老人在教育迷途的青年一样，我瘪嘴说你搞得像什么都懂一样，现在不也单身一枚么。他嘴硬道：是我不想爱，好吧！

他有过几段感情，我就不细数了，我问他最近的一段感情，问及分手的原因，他说话不投机，志不合。没谈一个月就分道扬镳，更可惜的是他是那个女孩的初恋，尽管我与这女孩素未谋面，却突然涌现一股惆怅，我脱口而出：她宝贵的初恋就这样被你打了水漂。

“初恋都是用来打水漂的。”

可是就算你漂一下，都那么深刻。

在爱情观上我们又险些陷入了争吵的境地。

但后来，他对我说了一些掏心窝子的话，让我对他有了一个新的理解：没有人真的有精力爱很多人的，只不过是太害怕孤单罢了！

这让我想起了他写的文章：我也像每一个作家一样，有原始的猛兽寄居在身体里。我幻想过像村上春树一样，在爵士乐酒吧点一杯威士忌，与一位只有九根指头的姑娘过一夜，也幻想过像杰克·凯鲁亚特一样在酒精、大麻、性和旅行里沉醉致死，在郊外的汽车旅馆和一个会卷旱烟的女孩一起裸体看书，在寂寞得没有尽头的荒原公路上吸入墨西哥蓝色的晨雾。甚至曾经，我严密地计划过我的大学会遇见几个女生，和几个女生有一腿。但又害怕自己会“盛宴过后，泪流满面”，流露出厌倦的神情。

我想只有灵魂都孤单的人才会写出如此丰富的孤独感吧。他的文字常常让我想起“脑瘫诗人”余秀华，他们都毫无保留的任由身体在文字里放逐，在这摇摇晃晃的人间，选择用字句将这庸长的日子维系下去。

每个人的文字，都是故事，我们不可妄下断言，尊重应该是最大的宽慰。因为没有人不想做一个幸福的人，喂马、劈柴、周游世界；和心爱的人一起给每一条河、每一座山取一个温暖的名字是我们每一个人都渴求的。

大学的最后一年，我没再做编辑了，自然也不会再看到他投来的稿件，不知道他是否在其他刊物上遇见如我一样迂腐最终而不愿再投稿的人。

写自己想写的文字，阴冷潮湿，也不失一种风格，又哪来优劣之分。不要理会这世间，若真的可以，对他而言，那该多好。